夜の言箱 Kotobako

2つの戯曲と小品集

み群杏子

目次

えとせとら

モクレンの探偵

彼は帰ってくる　時を超え
彼女が待つ　白モクレンの木の下に

ART COMPLEX 1928（京都）

【登場人物】

・男……………………木谷蓮次《きたにれんじ》

・娘……………………さと

・おっさん……………亀吉《かめきち》

・少年…………………コータ

・女……………………川上《かわかみ》はな

（掃除人とみどりのおばさんはおっさん役の役者が演じる）

1

暗闇の中、男の声が聞こえてくる。

男

閉じた目の裏に、光が満ちてくる。光のなかに、一本の木が浮かび上がる。俺はその木を知っている。それなのに俺は、初めてのように、その木を見上げている。

舞台、一本の木。
男、木の下に立っている。
木を見上げる。木に身体を寄せ、耳を傾ける。鼓動が聞こえてくる。
男、女を愛撫するように指で木肌を辿っていく。
それに反応するかのように、鼓動が徐々に激しくなっていく。
やがて、鼓動はまたゆるやかになり、止む。
男、木の下にうずくまる。

娘、テーブルを持って出てくる。舞台中央に置く。
引っ込んで、今度は椅子を持って出てくる。
引っ込んで、もうひとつ、同じ形の椅子を持って出てくる。
引っ込んで、今度は看板を持って出てくる。
娘、木を見上げる。高い枝に目を留める。
うずくまっている男を横目に、背伸びして、高い枝に看板をかける。
看板には「モクレン社」の文字。

娘　（手をパンパンと払い、満足そう）

娘、かたわらにうずくまっている男の耳元で、もう一度大きく手をはたく。

男　（びっくりして跳ね起きて）なんだ？　なんなんだよ！

娘　（看板を指し示して、これを見ろという感じで）！

男、娘が指し示す看板を見る。
娘と二人で、イェイ！と、指をたてて、やったね！の合図。

おっさん、出てくる。手に持ったチラシをひらひらさせている。
娘、うれしそうにおっさんに飛びついて、まとわりつく。おっさんに看板を見るように、指し示す。

おっさん （娘に）晩飯のしたくをしてこい。

娘、退場。
おっさん、木を見上げ、看板を見る。
やれやれといった風に首を振り、椅子に座る。
男を見て、それから手に持ったチラシを読む。

おっさん 「悩み事、うせ物、探し物、何でもご相談ください。秘密厳守。くぬぎ公園隣、モクレン社、探偵、木谷蓮次。」なんだぁ、こりゃあ。

男 仕事だよ。

おっさん 聞いてないぞ。

男 今朝、仕事していいかって言ったら、勝手にしろって言ったじゃん。

おっさん どっかに働きに行くのかと思ったんだよ。

男　迷惑かけないよ。

おっさん　困るんだよ。こんなうさんくさい広告作って、そこらじゅうに張っ付けて。どうすんだよ、近所のうわさにでもなったら。そうでなくても、傍目を忍んで暮らしているのに。

男　傍目を忍んで？　だって、ここ、おっさんのうちだろ？

おっさん　ここはな、（男の耳元で）大きな声じゃ言えないが、もとはといえば、俺がねんごろになった、ばあさんの家なんだよ。

男　へ？　どういうことだよ。

おっさん　だから、そういうことだよ。

男　…ばあさんは？

おっさん　半年前に亡くなった。最期は俺が看取ってやった。

男　…じゃ、この家、そのばあさんから乗っ取ったってこと？

おっさん　乗っ取った？　人聞きの悪い。譲り受けたんだよ。あの娘のめんどうをみるという条件で。

男　じゃあ、いいじゃないか。おっさんの家だ。

おっさん　世間はそうは思わん。俺のことを、たちの悪いジゴロだと思っているかもしれん。

男　ジゴロ?……(失笑)

おっさん　まあ、いい。とにかく派手なことはしないでもらいたい。お前は居候だ。(おっさんをついて、うれしそうに)やるな、この色男。ねえねえ、そのばあさんとは、どこで知り合ったのさ。

男　

おっさん　公園だよ。

男　隣の? 俺が、倒れてた?

おっさん　公園で寝起きしてたら、声をかけられたのさ。

男　おっさん、ホームレスだったの?

おっさん　いきなりやってきて、「あんた、私の亭主だろ」って、言うんだよ。40年も帰ってこないばあさんの亭主に、そっくりだってさ。

男　へ?

おっさん　いや、違うって言ってもさ、似てる、やっぱり亭主だってことになって、家に連れ込まれて、話聞いているうちに、ばあさんが可哀相になってきてなあ。40にもならないうちに、亭主に出て行かれて、失踪届けも出さず、ずっとこの家で待ち暮らしていたんだ。ばあさん、近所にも亭主が帰ってきた帰ってきたってうれしそうにふれまわってさ。

男　近所のやつら、信じたの?

おっさん　信じるわけないだろ。けど、まあ、このあたりはみんな代替わりしていて、誰もばあさんの亭主なんか知っちゃいないからな。とりあえず、亭主になりすましてるってわけさ。

男　ちょっと、若いんじゃない？　亭主にしては。

おっさん　ばあさんにゃ、年なんて関係なかったのさ。いつだって、亭主は、別れた時のまんまだったんだよ。いじらしい。……お前のほうはどうなんだ。

男　何が？

おっさん　何か思い出したのか？

男　思い出そうとしたんだけど、よくわかんないんだ。

おっさん　わかんないって。

男　つながらないんだよ。ばらばらなんだ。今まで自分がどんな仕事をしてきたかとか、どんなことをやってきたかとかは、覚えてるんだよ。ただ、それが、いつのことなのか、どこでやってきたことなのか、考え出したら、わからなくなるんだ。俺がいくつで、どこで育って、何という学校に行って、どこに勤めて、どこに住んでって、具体的なことになると、何もわからないんだ。覚えてるのは、断片ばかりさ。

おっさん　断片？

男　肝心なことについちゃ、なんにも覚えてないんだよ。
おっさん　親兄弟についてもか。女房とか子供とか。
男　いたような、いなかったような。
　イメージは、あるんだけどさ。
おっさん　どんな？
男　こう、バクゼンと。
おっさん　家出人として捜索願が出てるかもしれんぞ。一度、警察に行ってみたらどうだ。
男　行っていいの？　警察に。
おっさん　…。
男　おっさん、やばいんだろ？
おっさん　まあ、警察はもうちょっとあとでもいいか。…今日で三日か。
　ずっと死んだみたいに眠ってて、起きたかと思ったら、今度は、何聞いても覚えてないとくる。
　公園で気を失ってたから、不良にでもやられたのかと、連れて帰ったんだが。
男　やっぱ、殴られたのかな。
おっさん　体調は？
男　うん、もういいみたい。

おっさん　（チラシを見ながら）しかし、こんなもの、いつ書いたんだ？

男　知らない。俺の荷物のなかに入ってたんだよ。
あの看板とそのチラシの束と。
なんだこりゃって見てたら、さとちゃんがチラシの束取り上げて、外に出て行くから、あわてて付いて行ったらさ、ガムテープで壁や電柱に張っていくんだよ。
俺もつい乗せられちゃってさ。

おっさん　さとか。

男　ねえ、さとちゃん、しゃべれないの？

おっさん　俺が来てからは、一度も話してないな。身寄りのない子だ。

男　ばあさんの孫娘じゃないの？

おっさん　孫みたいなもんだとは言ってたが、子供はなかったみたいだし、わからんな。ばあさんが亡くなっても、誰もあらわれんとこをみたら、引き取り手はないんだろう。

男　どこの家庭にも、いろいろ事情があるんだなあ。

おっさん　まあ、どこだって、お前の事情ほど、ややこしくはないだろうけどな。
（チラシを見ていて）変だな。

男　何が。

おっさん　お前、ここの場所、前から知ってたのか？
男　いいや。
おっさん　お前が倒れる前に、すでにこのチラシが荷物のなかに入ってたっていうなら、
　これ、変じゃないか。
男　何が。
おっさん　ここ。
男　（チラシを見て）くぬぎ公園隣？
　…あ。
おっさん　だろ。ここに来ることが、前もってわかってたみたいじゃないか。
男　知らないよ。
おっさん　…。
男　嘘じゃないよ。
おっさん　お前、さっき、断片なら覚えてるって言ってたよな。
男　うん。
おっさん　言ってみろ。やってきたことの断片ってのを。
男　ビルの窓拭きだろ。俺、高いところが好きみたいなんだよ。
おっさん　それは、いつのことだ。

男　いつ…。さあ。

おっさん　まあいい。それから。

男　宝島に憧れて、船に乗ってたこともあったなあ。海賊船ってやつ？　あと、夜店の金魚すくいに、たこ焼き屋、あ、そうだ、歌も好きで、酒場で歌ってたこともあったぜ。キャバレーの客引きや温泉宿の番頭。ああ、それからサーカス団だ。団長に認められてさあ、呼び込みからはじめて、ピエロもやったぜ。俺、人気者だったたよ。

おっさん　なんだ、それ。

男　え？

おっさん　三文小説の読みすぎじゃないのか。現実味のない商売ばっかりだな。

男　嘘じゃないぜ。覚えてるんだから。

おっさん　気を失って寝てる間に、夢でも見たのかもしれんな。

男　でも、とにかく、今度は探偵だ。看板まで用意してあったんだから。

おっさん　その、探偵ってのも…。

男　何？

おっさん　（再度、チラシを眺めて）で、名前が、木谷蓮次か。うそくさ。

男　そういや、おっさんの名前は？

おっさん　亀吉だ。くぬぎ公園の亀吉だよ。
男　亀吉？（と、考える）
おっさん　どうした？
男　いや、なんだか、すごくなつかしい名前だなあって。
おっさん　探偵なら、まずは自分がどこの何者か、調べることったな。木谷蓮次でモクレン社か…。まあ、好きなようにしろ。

おっさん、退場。
照明落ちて、木と男だけが映し出される。

男　というわけで、俺はモクレンの探偵になった。俺の記憶のなかには、一本の木がある。白モクレンの木だ。春になると、そいつに白い花が咲く。白モクレンは、マグノリアとも言われている。

後方、紗幕の向こう、明かりが入り、女が座っている。
女は男には見えない。

女　諒安（りょうあん）は、霧の中、険しい山谷を苦労して歩いています。

男　あれは、そうだ、宮沢賢治だ。

女　途中で誰かの歌う声が聞こえてきました。諒安は竜の髭の青い傾斜をかけおり、潅木につまずき、険しい崖を、くろもじの枝にとりついて登り、枯れ草の頂上に出ました。そして、自分が渡ってきた方向を見ると、一面にマグノリアの木の花が咲いていました。

音楽入る。

男、モクレンの花の記憶に誘われるように、ゆるやかに踊りだす。

ダンス終わって、暗転。

2

明かり入って、次の日。
これは川だ…、ほら、山だろ…、
小指でこっちとこっちを取って、
などと言いながら、おっさんと娘、椅子に座ってあやとりをしている。

おっさん　知らないのか？　ばあさんに教えてもらわなかったのか？　ああ、そうじゃない、こうだ。

だが、おっさんが上手くできないので、娘、じれて糸をぐちゃぐちゃにしてしまう。

おっさん　あーぁ、つかれた。ちょっと休むか。…あいつは？
娘　（眠っているというジェスチャー）
おっさん　開店休業か。（と、看板を見あげる）

と、木の下に少年が立っている。

おっさん あれ、いつ入ってきたんだ。

少年 あんたが、探偵か。(と言って、ポケットからチラシを出して見せる)

おっさん ああ、それを見て来たのか？

ちょっと待ってろ。

おっさん、退場。

少年、残されて、娘が、あやとりをしているのを見る。

娘、少年に、糸を差し出す。少年は、僕？というふうに糸を受け取り、川をつくる。

娘、知ってるんだ！という感じで喜んで、少年の差し出す糸に指をかける。

少年 (娘に見せて)川。

娘 (にっこりして、糸をとる)

少年 (また、糸をとる)

娘 (考えている)

男、出てくる。
娘、男を見て、少年の手から糸をもぎとり、走り去る。

少年 あ。（と、娘を見送る）
男 客って、君？
少年 探偵か？
男 そうだけど。
少年 あんたに手紙預かって来た。
男 誰から。
少年 はなさんから。
男 はなさん？
少年 同じアパートに住む女の人。飼っていたネコがいなくなっちゃったんだ。はなさん、今、病気で入院してて、外、出られないんだ。寂しそうにしてるから、僕、昨日拾ったこのチラシのこと思い出して、話したら、そしたら、手紙持って行ってくれって。
男 お前、気がきくな。

少年　僕が捜してあげてもいいいんだけど、素人が捜すより、探偵に頼んだほうが確かだし。
男　その通り。
少年　（ポケットから手紙を取り出し男に渡す）、あ、お金も預かってきた。（と、別の封筒も渡す）
男　（中を確かめて、多いのにびっくり）
少年　少ない？
男　いや、まあ、こんなもんだ、病人だ。負けておくよ。
少年　よかった！
男　返事、今いるのか？
少年　また取りに来る。
男　わかった。
少年　じゃ。

少年、立ち去る。
男、後姿を見送っているが、呼び止めて、

男　あ、君、
　少年、振り向く。
男　名前は？
少年　コータ。
男　コータか。サンキュー。
　少年、にっこりして帰っていく。
　男、手紙の封を開く。
　手紙を読む。
　紗幕の向こう、明かり入り、男の手紙を読む声に重なって、女の手紙を読む声。
女　初めてお便りします。
　私は、川上はなといいます。
　同じアパートのコータ君が、あなたのチラシを見せてくれました。
　どんなものでも捜してくださるとか。

女男　女男

ネコを捜してほしいのです。

白と黒のとらネコで、年は三歳。

男の子です。

赤い皮の首輪をしています。

名前は、コータ。

コータ？

そう、コータ君と同じ名前です。

散歩が好きで、牛乳とカステラとちりめんじゃこが大好物です。

ふざけてんのか。

すみません、こんなことを書いても、捜しようがないと、思っていらっしゃるでしょうね。

私のいつも使っている香水を同封します。香りをかぎつけて、コータは、きっとやってきます。

木谷蓮次さま。この香りを身につけて、町を歩いていただけませんか？

お金が足りなければ、また、コータ君におっしゃってください。

それでは、どうぞ、よろしくお願い致します。

川上はな。

木谷蓮次さま。

男、読み終わると、封筒をさかさまにして、小さな壜を取り出す。ふたをあけて、香りをかぐ。

男　川上はな……。この香り……。

何かを思い出そうとする男。
しかし、思い出せない。

暗転。

男　俺は町を歩き回った。手紙に同封されていた香水をつけ、牛乳とカステラとちりめんじゃこを持って、公園の繁みをかきわけ、路地裏をうろつき、そこらじゅうの生垣、建物と建物の間を覗き込んでは、コータ、コータ、コータ！

3

おっさんと娘、お手玉をしている。

おっさん　論理的じゃないな。
娘　（うんうんとうなずく）
おっさん　問題解決には程遠い。
娘　（うんうんとうなずいている）
おっさん　肝心の情報が不足している。
娘　（うんうんとうなずいている）
おっさん　なぜいなくなったか、原因は?·事件性はないのか?·ひょっとしてやつは連れ去られたのかもしれんぞ、とすると、誰が、何のために、連れ去ったのか?·動機

男　はなんだ?・依頼人は、誰かに恨みを買っていなかったか?・どうだ?
　うるさいなあ。

おっさん　心配してやってるんじゃないか。なあ。（と、娘に同意を求める）

娘　（うんうんとうなずく）

おっさん　ネコ捜しもいいが、お前、自分探しのほうはどうなった?・迷宮入りか?

男　さとちゃん、書くもん、持ってきて。

おっさん　さて、俺は銭湯にでも行くとするか。

おっさん、退場し、娘、紙とえんぴつを取りに行く。男、テーブルの前に座って、考える。

男　川上はなさま。ご依頼の件について、報告させていただきます。

娘、紙とえんぴつを持ってきて、男に渡す。
そののち、椅子に座り、一人お手玉。

男　（書きながら）お手紙にありました方法で、とらネコ・コータ氏を捜すこと、三日。

いまだ、見つけるにいたっておりません。はなはだ申し訳なく思っております。
そこで、一度、お目にかかり、詳しくお話をうかがいたく…。うかがうって、漢字でどう書くんだ？

娘　(知らん顔)

少年　こんちわー。

男　お、ちょうどよかったぜ。今、はなさんに手紙を書いていたところだ。

少年　コータ、見つかったの？

男　まだだよ。

少年　なんだ。

男　野良猫なんて、このへんに何十匹いると思ってるんだよ。もっと詳しい情報がいるんだ。まどろっこしいから、俺、はなさんに直接会ってこようかと思うんだけど…。

少年　はなさんは、会わないよ。

男　なんで？

少年　手紙、預かってきた。(と、男に渡す)

男　また手紙かよ。

娘、少年にお手玉を差し出す。少年と娘、お手玉をしはじめる。男、手紙を開き、読む。女、紗幕の向こうで手紙を読む。

女　コータは、賢く用心深い子です。
あなたが、私の香水をつけて、歩いているのを見つけたとしても、そうやすやすとは、姿をあらわさないでしょう。

男　じゃあ、どうやって捕まえるんだよ。

女　でも、その香りは、コータを安心させるのです。

今日は、コータの行きそうなところを、書いておきます。

その1．遊園地。

くぬぎ公園からバスに乗って三つ目の駅で降りると、遊園地があります。

私は、その遊園地が大好きで、コータを連れて、よく行きました。

コータのお気に入りは、売店のおじさんです。

とても親切で、牛乳を買うと、コータのために、小さなカステラをひとつ、おまけしてくれました。

男　そういえば、昔、その遊園地に、サーカス団がやってきたこともあった。
サーカス？

女　その2．みどりのおばさん。駅前の大通りをひとつ入った路地裏に、「みどりのおばさん」という名前の古いバーがあります。バーのママは、私と同じアパートの住人です。お店に行くと、いつもコータに、ちりめんじゃこをごちそうしてくれます。だから、コータは、みどりのおばさんが大好きなのです。

男　結局、食いモンか。

女　その3．公園。最後はくぬぎ公園です。

男　隣の公園？　もう、何回も捜したぞ。

女　青い鳥はすぐそばにいるっていうでしょう。公園の隅に、小さな池があります。池のほとりには、一本の木。白モクレンの木です。

男　白モクレン…。

女　コータは、なぜかその場所がお気に入りです。さあ、これでとりあえずは、あなたの予定は埋まりましたね。

男　一つ目は、遊園地。二つ目は、みどりのおばさん。

男　そして、三つ目は、公園です。
それでは、捜索の続きを、お願いします。
木谷蓮次さま　川上はな（と、手紙を閉じる）
（はなと同時に手紙を閉じて）…　さて、はじめるか！

男、手紙をポケットに入れると、走り去って退場。
少年と娘、男を追いかけるが、そのまま、二人で追いかけっこになり、ふざけあって
いるが、いつのまにか、楽しげな二人のダンスにかわっていく。
ダンス終わって、暗転。

4

紗幕の向こうに、明かり入る。女のかたわらに原稿が入ったダンボール箱。女、そのダンボール箱から原稿を取り出して、読む。

女

「遊園地」。

あるところに、とても寂れた遊園地がありました。

乗るとギコギコ音を立てる観覧車。

水漏れのするボート。

スピードの出ないジェットコースター。

お化け屋敷では、ゆうれいが、めんどくさそうに、うらめしやとつぶやいていました。

そんな遊園地でしたが、一度だけ、たくさんのお客さんでいっぱいになったことがありました。

広場に、サーカス団がやってきたのです。

一番の人気者はピエロです。

音楽入る。男、赤い鼻をつけて、派手な帽子を被り、風船を持って、飛び出してくる。

男　サーカスだよ。サーカスがやって来たよ。どの子も集まっておいで。急がないと見逃しちゃうぞ。空中ブランコに綱渡り、アクロバットにライオンの火の輪くぐりだ。自転車ショーにドッグレース、可愛い子猫のラインダンスもあるよ。先着100名様に風船の大サービスだ。早く来ないとなくなっちゃうぞ。

娘と少年、飛び出してきて、男のまわりをまわりながらはしゃぐ。（このあたり、ダンスで）

男　はい、おじょうちゃんは五列目の右から二番目だ。（と、娘に風船を渡す）坊やはその隣。いい席だぞ。（と、少年に）

娘と少年、風船を受け取って、退場。
突然音楽途切れ、男、夢から覚めたようにあたりを見回す。照明、変わる。作業着姿の掃除人が鼻歌を歌いながらやってくる。（掃除人はおっさんと同じ役者）

掃除人　閉園だぞ。
男　え？　あれ、俺、なんでここにいるんだろ。
掃除人　もう誰もいないぞ。
男　そうだ、ネコを捜してたんだ。
掃除人　そんなかっこうで？
男　（気がついて、鼻と帽子をとる）
掃除人　広告会社の人か？いや、時々、そういうかっこうでチラシ配ったりしてるやつがいるからさ。
男　あの、昔、ここにサーカス団がやって来たことって、あった？
掃除人　サーカス？　なんで？
男　いや、なんかそんな気がしたから。
掃除人　ふん、40年働いてるけど、そんなもん見たことないな。
男　…（掃除人をじっと見て）あ。
掃除人　なんだ？
男　…いや、知ってる人に似てるなって。
あ！もしかして、ばあさんの家出した亭主だったりして。

掃除人　なんだ、ばあさんの亭主って。
男　いや、あの、すごいなおじさん、40年もここに勤めてるの？
掃除人　ああ。前は職員で、今は嘱託。
男　じゃ、いろいろ詳しい？
掃除人　この遊園地じゃ一番古株だ。人手不足だからなんでもやる。切符の販売、売店の売り子、お化け屋敷のゆうれいにもなったぜ。うらめしやーってね。しかし、寂れちゃったなあ。昔は家族連れやカップルでにぎわったもんだったが。
男　おじさんが、売店の売り子をやってたのって、いつ頃？
掃除人　売り子なら、今でもやってるぞ。
男　じゃあ、ネコ連れてきてた女の人のこと、知ってる？
掃除人　ああ、はなちゃんのことか。
男　うん。そ、そ。そのはなちゃん。
掃除人　はなちゃんだったら、バスケットにネコ入れて、しょっちゅう来てたよ。
男　そのネコ、コータ、コータって名前じゃない？
掃除人　そう、コータだ。いつも火曜日だったなあ。仕事何してんだって聞いたら図書館に勤めてて、火曜が休館日だとさ。休みの日は恋人とデートしないのかいって言ったら、そんなものいないって。20年間、アパートと図書館を往復してるだけって、

男　なんか、寂しそうだったけど。あ、はなちゃん、童話書いてるだろ？

掃除人　童話？

男　出来損ないの原稿が、ダンボール箱にいっぱい、溜まってるんだってさ。へぇ、作家さんかいって言ったら、好きで書いてるだけだって、笑ってたけどさ。そういや、おもしろいこと言ってたな。どの話にも、姿かたちを変えて、同じ男が出てくるんだと。好きなやつかいって聞いたら、幼馴染の男の子なんだってさ。

掃除人　幼馴染の、男の子？

男　うん、なんてったかなあ、名前も言ってたんだけど…。はなちゃん、捜してるのか？

掃除人　いや、俺、そのはなさんからコータを捜してくれって頼まれて。

男　コータ、いなくなったのか？　そういや、はなちゃんもコータもこのところ見てないな。

掃除人　はなさん、病気で入院してるんだよ。

男　へえ、知らなかったな。お前、何？はなちゃんと親しいの？

掃除人　頼まれただけだよ。

男　ふーん。まあ、ここは野良猫天国だ。コータのやつ、夜は、ここで寝泊りしてるのかもしれないな。（男のそばに行って）はなちゃんとおんなじ匂いがするぞ。

男　あやしいな。

男　はなさんからもらった香水、つけてるから。この香りをかぐと、コータが安心するらしい。

掃除人　ふーん。

男　コータ見たら連絡して。（と、名刺を渡す）

掃除人　（受け取って）木谷蓮次　…きたにれんじ。（考える）

男　何？

掃除人　いや。

男　じゃあ。（と、去っていく）

掃除人　（見送って、名刺を見て）なんか、こんな感じの名前だったんじゃなかったかな。はなちゃんの言ってた男の子の名前。

掃除人、首をかしげながら男と反対方向に去っていく。

暗転。

アコーディオンの音色が次の場面を繋ぐ。

女

女、またダンボール箱のなかから、別の原稿を取り出して、読む。

「みどりのおばさん」。

ここは寂れた港町。

聞こえてくるのはかもめの鳴く声と、寄せては返す波の音ばかりです。

かつては外国航路の船乗り達でにぎわった酒場通りも、今はただ一軒のバーが残されているだけ。

夜になると、お酒と音楽を求めて、港で働く男たちが集まってきます。

その店の名は、「みどりのおばさん」。

ママは、いつも、みどりのお洋服を着ています。

バーテンダーは、しょっちゅうかわります。

ママの恋人だという噂も、ちらほら。

何代目かのバーテンは、歌がとても上手でした。

音楽入り、男、帽子をまぶかにかぶって、スマートに登場。歌う。(歌、一曲入る。古いシャンソンか何か)アコーディオンの生演奏がつく。歌い終わると、拍手が聞こえる。

アコーディオン、退場。

みどりのおばさんが拍手しながら、登場。（みどりのおばさんも、おっさん役の役者。派手なみどりの衣装）

みどりのおばさん　お上手ねえ。でも、うち、今バーテンやとってる余裕ないのよ。
男　俺、なんで歌ってたんだろ。そうだ、コータ捜してたんだ。（あたりを見回して）俺、昔、ここで働いてませんでした？
みどりのおばさん　あら、働いてた？
男　いや、ちょっとそんな気がしたから。
みどりのおばさん　働いてたかしら？（と、考えまくる）
男　いや、いいんです。
みどりのおばさん　働いてたかもしれないわねえ。このところ、忘れっぽくて。もう、年なのかしら。40年よ。このお店はじめて、40年。
男　（じっくり顔を見て）あ、また似てる。
みどりのおばさん　誰に。

男　おっさん。
みどりのおばさん　おっさん？
男　いや、ばあさんの亭主。
みどりのおばさん　いやあねえ。おっさんとかばあさんとか。私、みどりよ。
男　みどりさん。
みどりのおばさん　あなたも自己紹介して。
男　あ（と、名刺を出す）、こういうもんです。
みどりのおばさん　（読んで）探偵、木谷蓮次。素敵。うさんくさくて。
男　どうも。
みどりのおばさん　あなたには夜が似合うわ。
男　どうして？
みどりのおばさん　決まってるでしょ。探偵には、夜が似合うの。夜はこの世の謎に満ちているから。あなたの謎は何かしら？
男　ネコを捜してるんですよ。コータっていう。
みどりのおばさん　コータ？はなちゃんのところの？
男　ええ、はなさんから頼まれて。
みどりのおばさん　はなちゃんに？　…いつ？

男　三日前かな。
みどりのおばさん　三日前？
男　でも、コータは、もっと前からいないんですよ。
みどりのおばさん　三日前のわけないわよ。
男　え、なんで？
みどりのおばさん　だって、はなちゃんは、一週間も前から意識がないんだから。
男　意識がない？

明かり暗くなり、紗幕の女にスポット。女、原稿の続きを読む。

女　みどりのおばさんの店には、時々花売りの娘が、花を売りにやってきます。
みどりのおばさん、女の物語の世界に入り、雰囲気変わって女に茶々を入れる。女はそれに左右されて、段々激して読む。

みどりのおばさん　（鼻で笑って）娘ったって、かなりトウがたってるわね。もう20年も花を売ってるんだから。

女　娘は花を売りながら、遠い町に行ってしまった恋人を待っているのです。

みどりのおばさん　遠い町？何言ってるの。ちゃんと現実を見なさい。それは夢なの。幻なの。

女　売れ残った花は、恋人を待つ部屋に飾ります。

みどりのおばさん　部屋中、枯れた花だらけ。

女　花でいっぱいになった娘の部屋、それはそのまま娘の思い出の世界でした。

みどりのおばさん　わかってるんでしょ。それが幻だってこと。幻があんたを抱いてくれるっていうの？捨てるのよ。そんな枯れた花なんて。

女　でも…。

明かり入る。みどりのおばさん、もとに戻る。

男　でも、コータ君が、手紙を…。

みどりのおばさん　コータが？

男　いや、ネコのコータじゃなくて、コータ君って、同じアパートに住む少年が、三日前にはなさんの手紙を持ってきたんですよ。ネコのコータを捜してくれって。

みどりのおばさん　同じアパートに住む少年？おかしいわねえ。あのアパートには、はな

男　ちゃんと私以外、誰も住んでないわよ。古いアパートで、もうすぐ取り壊されるの。他の住人は、とっくに出て行ってるわ。

みどりのおばさん　…じゃ、あれは、誰なんだよ。（みどりのおばさんを見る）

男　（わからないという風に首をすくめる）

みどりのおばさん　…なんで、はなさん、意識がないんですか？

男　薬、飲んだの。

みどりのおばさん　薬？

両親もなくなってひとり暮らし。恋人もいない。友達はネコのコータだけ。もっとちゃんと話を聞いてあげればよかった…。はなちゃん、子供の頃からずっとネコを飼っていて、ネコの種類は変わっても、どのネコにもコータって名前をつけてたんですって。…意識が戻ればいいんだけど。祈るしか、ないわね。

明かり、暗くなり、女にスポット。女、またダンボール箱から別の原稿を取り出し読む。

女　あるところに、幼馴染の男の子と女の子が住んでいました。男の子の名前は木谷蓮次、女の子の名前は、川上はなです。

蓮次は、ちょっと変わった男の子でした。

男 男にスポット。男、次第に記憶を呼び覚ましていく。

女 俺、公園の池で、亀を飼ってたんだ。その亀に、亀吉という名前をつけてさ。
そんな蓮次を、はなは、いつも池のほとりの白モクレンの木の下で見ていました。
「蓮次くん、知ってる? 白モクレンは、マグノリアっていうんだよ」。

みどりのおばさんは退場している。

男 へえ。

女 宮沢賢治の童話に「マグノリアの木」っていうのが、あるの。

男 はなって、物知りなんだな。

間

女 それは二人が、小学校六年生になる前の、春休みのことでした。

男　その日も、はなは、コータと一緒に、公園の白モクレンの下で、蓮次を待っていました。白モクレンの花は満開でした。

女　おーい、コータ！（と、手を振る）

蓮次の手にはコータの大好物のちりめんじゃこの袋が握られています。見つけたコータが、はなの手から飛び出していきます。

その時でした。

近くで遊んでいた子供たちが、コータに石をぶつけたのです。驚いたコータは、公園の外へ、走って逃げていってしまいました。

男　コータ！（はなにむかって）大丈夫。俺、コータを連れてくるから。はな、そこで待ってろ！

男、舞台を走る。

女　でも、コータも、蓮次も、はなの前に、二度と戻ってはきませんでした。コータは行方不明になったまま。そして蓮次は、公園から出たところで、やってきた車に。（と、声とぎれる）

車の激しいブレーキ音。

女の心の声　轢かれて、死んでしまったのよ。

男、立ち止まる。当時の記憶がはっきりしてくる。

女の心の声　そう、死んだのよ。

女　（初めて感情的な声になって）ちがう！蓮次くんは死んでなんかいない！ここに（と、原稿を取り出して）ここにも（また取り出して）ここにも（取り出して）ここにも（次々取り出して）…生きてる！！

女の心の声　あんたの物語のなかに？（と、鼻で笑って）出来損ないの、そのくだらない物語のなかに？そんなもの、ただのゴミじゃないの！

女　（じっと原稿を見ている）

女の心の声　あんただって、本当はわかってるんでしょ。

女　（じっと原稿を見ている）

女の心の声　（しずかに）現実を見るのよ。

女、うなだれる。
女、原稿を抱きしめ、次にゆっくりと手にしていた原稿を破りはじめる。
男、その破る音に、反応する。その音は、男の身体が破ける音だ。
女、堰を切ったように次々と原稿を破いていく。
男、その音に連動して苦しそうにのた打ち回る。

男　やめろ…、やめろ！はな、破くな、それは、はなの命だ！はながくれた、俺たちの命だ！

女の破く手が止まる。

男　コータ！！出て来い！！！！

男の叫びに反応して、女、破る手を止め、じっとしている。少年、飛び出してくる。
首に赤い首輪をしている。

男　見つけたぞ。はな、待ってろ…。

女、男の声が聞こえたかのように、顔を上げる。男と少年、追いかけ追いかけられ、舞う。最後に男、少年を捕まえる。

男　はな!

と同時に、女と男を隔てている壁が消え、男と女、出会い、見つめあう。

暗転。

5

娘がモクレン社の看板を下ろしている。おっさんが机の前であくびをしている。

おっさん　さと、晩飯はなんにする？

娘、おっさんのそばに来て、甘える。

おっさん　お前のコータはどうした？

娘　（首を振る）

おっさん　振られたのか。

ネコの鳴き声。

おっさん　お、ネコか。

娘、木の裏側に回って、白と黒のぶちネコを抱いて出てくる。首には赤い皮の首輪。

おっさん　（抱き上げて）なんか、紙が挟まってるぞ。

おっさん、首輪に挟んである紙を取り出して広げる。

おっさん　「この子の名前はコータです。ちりめんじゃこと牛乳とカステラが大好物です。欲しがりますが、太るので、あまり食べさせないでください」。（娘に）コータのかわりに、コータがやってきたぞ。（コータの頭をなでて）あまり食べさせないでくれってことは、ちょっとは食べさせてもいいってことだな。

娘　（うんうんとうなずく）

おっさん　あいつが置いてったちりめんじゃこが残ってただろ。

娘　（うんうんとうなずく）

おっさん　ちょうどいい。三人で晩飯にするか。

娘　（うんうんとうなずいて、看板を持って退場しようとする）

おっさん　（看板を見て）あいつはまたどこかで、ろくでもない商売を、おっぱじめてるん

娘　だろうな。その看板、捨てなくていいぞ。

おっさん　(首をかしげる)

戻ってくるさ。また、いつかな。

娘、看板を元に戻して、コータを抱きしめる。コータの匂いをかぐ。そして、初めて言葉を話す。

娘　モクレンの、匂いがする。

音楽入り、夕焼けが二人と一匹を包む。

END

ひめごと

あたためてきた　たからもののように
本当のことを知っているのは
この家と庭だけ

てあとるらぽう（東京）

【登場人物】

・母…………………大沢未散《おおさわみちる》
・娘…………………大沢翠《おおさわすい》
・ルポライター……真木森生《まきもりお》
・お手伝いの娘……久美《くみ》
・二階の住人………峠《とうげ》

1

舞台は未散と翠の住まいである古い家の居間。
前方は縁側に続く庭。庭に木。
室内にはテーブルが一つと古い箪笥が一つ。季節は秋の夕暮れ。
未散がテーブルに向って手紙を書いている。かたわらにティカップ。
時折顔を上げ、庭をぼんやり見つめたりしながらペンを走らす。

未散　（続きが思いつかない様子で、溜息をついてペンを置く）
久美　（声）先生…、先生…。
未散　ここよ。
久美　（エプロン姿で、ぬれた手を拭きながら顔を出して）やだ、真っ暗。（と、明かりをつける。舞台、明るくなる）
未散　何時？
久美　六時です。日が暮れるの、早くなりましたね。

未散　本当。
久美　テーブルにお夕食の支度、させてもらおうかと思って。
未散　でも、久美ちゃん、もう時間でしょ。じきに翠も戻ってくるし。
久美　大丈夫です。私、やっておきますから。急いで帰ってもすることないし。
未散　今日はお花の日じゃなかった？
久美　明日です。
未散　あの、体操みたいなのは？
久美　エアロビクスですか？やめました。あんまし、効果ないし。
未散　あら、じゃあ、ねえ、今日はここで一緒に夕ご飯食べて行かない？
久美　え、でも…。
未散　そうしなさいよ。
久美　いいんですか？
未散　いいのよ。いつも翠と二人じゃ退屈だわ。そうだ、ついでにお二階さんも呼んじゃおうかな。
久美　峠さんならさっき出かけられましたけど。
未散　…そう。
久美　でも、変わった方ですよね。私なんてこちらに来てもうひと月になりますけど、

未散　まだお話したことないんです。階段から降りていらっしゃる時に、ご挨拶するだけで。
久美　無口なのよ。
未散　30年もいらっしゃるんでしょ。
久美　もっとよ。翠が生まれる前からだから。
未散　…あの方とも、一緒にご飯召し上がることあるんですか？
久美　たまにね。…ね、今日、何？
未散　え？
久美　夕ご飯。
未散　あ、すみません。すぐに用意します。
久美　おかず、何？
未散　いろいろ、作ってみたんですけど、本見ながら。
久美　あら。
未散　かぼちゃのいとこ煮とか。
久美　素敵。
未散　さばの味噌煮になめたけのお味噌汁に…。（と、言いながら出て行く）
久美　いいお嫁さんになるわ。（とつぶやいて、台所に向って）手伝おうか？

久美　（声）いいです。あと、もう、並べるだけですから。
未散　それじゃ、私は部屋に帰って、手紙の続きでも書きましょうっと。（と、便箋とペンを手かごに入れて立ちあがる）
久美　（お盆を持ってきて）だいぶ、進みました？
未散　なあに？
久美　お手紙。
未散　だって、一日にせいぜい三人よ。
久美　じゃ、まだまだですね。
未散　そ、まだまだ（と、ぼんやりと庭の方を見て）ね…。
久美　え？
未散　校庭の、百葉箱、覚えてる？
久美　ひゃくようそう…、ですか？
未散　ええ。
久美　校庭って、小学校の？
未散　そう。
久美　何ですか、それ？
未散　知らないの？

久美　はい。
未散　そう。（と、出て行く）
久美　（見送って、首をかしげる）ひゃくようそう？

久美、お盆にティカップを乗せ、テーブルを拭く。散らかっている雑誌類やお菓子の缶を片付ける。玄関の戸が開き、翠が帰ってくる。

翠　（声）ただいまあ。
久美　あ、おかえりなさーい。
翠　（顔を覗かせて）母さんは？
久美　お部屋です。
翠　そう、あ、久美ちゃん、もう帰って。後、私がするから。
久美　でも、今日は私も一緒に食べて行きなさいって、先生が。
翠　素敵。三人ならワインが開けられるわ。母さんと二人じゃ飲みきれないもの。この間もらったのがあるのよ。
久美　冷蔵庫にあるやつでしょ。お城の絵がかいてある…。
翠　あ、目がはやい。

久美　やだ、そんな…（と、耳をすまして）あれぇ？雨？
翠　さっきからぼつぼつ来てたわよ。
久美　いけなーい。洗濯物！（と、あわてて奥に行こうとする）
翠　私がするわ。久美ちゃん、テーブルの方、お願い。（と、出ていく）
久美　あ、はい。

二人、それぞれ奥へ。久美、台所と居間を行き来して料理の用意をしていく。翠が上着を脱いで、代わりに普段着用のカーディガンを着て、かごいっぱいの洗濯物を持って入ってくる。翠、座って、洗濯物を、母のもの、自分のものと分けながら畳んでいく。
以下、出たり入ったりする久美と翠の会話は、久美が声だけになったり、翠のほうは久美が台所に消えたときは一人で、またそばにいるときは語りかけ、あるいは独り言になったりしながら進行していく。

久美　お仕事の方、忙しいですか？
翠　少しね。新しい本がたくさん入ってきて整理が大変なの。
久美　図書館って、苦手だな。本見ると頭が痛くなっちゃうんですよね。

翠　そう？
久美　小学校の時、まんが捜しに行って叱られちゃって。
翠　でも、昔とはすっかり変わっちゃってるわよ。ＣＤとかビデオもあるし。私は前の静かな図書館の方が好きなんだけど。
（久美の持ってきたお皿を見て）あ、おいしそう、何、これ？
久美　ちょっとつまんでみます？
翠　（食べて）…（ちょっと変わった味だ）
久美　変ですか？　大根の皮、きんぴらにしてみたんですけど。
翠　ううん、そんなことない。いける。
久美　よかった。
翠　（洗濯物のなかの派手な花模様の下着を手に）誰の？
久美　翠さんのじゃないんですか？
翠　まさか。
久美　じゃ、先生のですよね。
翠　こんなパンティはいてるの？　いつ買ったのかしら。
久美　よくお散歩行かれるから。最近近くにしゃれたお店が出来たでしょ。
翠　…ねえ、この頃、お昼、何してるの、あの人。

久美　お散歩したり、お昼寝したり、あとは大抵お手紙ですね。
翠　ちょっとぼけてきたんじゃない？
久美　え？　そんなことないですよ。（と、台所へ）
翠　身体壊して学校辞めてから、近所の子供集めて書道やらペン習字やらおしえてたりしてたんだけど、今はそれよりも塾ですもんね。だんだん誰も来なくなっちゃって。ひまもてあまして手紙書き始めたのよ、昔の教え子に。
久美　（出てきて）私もいただいたときにはびっくりしました。
翠　出しても昔のことでしょ。宛名の所にもう住んでいなくて、戻ってくることもしょっちゅうなんだけど…（靴下を畳みながら）あ、穴！（と、丸めてくずかごに捨てる）
久美　（拾い上げてエプロンのポケットに）靴、磨くのに使います。
翠　でも助かるわ。久美ちゃんが来てくれるようになって。
久美　暇でしたから。アルバイト、首になっちゃってたし、私、計算したりとかだめだし、人、多いのも苦手だから。それにここ、いごこちいいんです。仕事といえばご飯の支度とお掃除くらいでしょ。家でぶらぶらしてたって、文句言われるだけだし。
翠　だけど、ちゃんとお勤めしたくなったらいつでも言ってね。ここじゃ、まともに

久美　お給料もはらってあげられないんだし。
翠　はい。
久美　(庭を見て) 母さん、庭の手入れはしてないの？
翠　してらっしゃいますよ。でも、すぐ疲れるって。掃いても掃いても葉っぱが落ちてくるって。
久美　しょうがないわよ。落葉樹ばっかり植えてあるんだもの。前はそりゃ、まめだったのよ。晴れた日の日曜日っていえば、いつも庭ですごしてたもんだわ。
翠　先生がですか？
久美　今は草ぼうぼう。近頃は何に対してもやる気がなくなったって言うか…言うこともどこかピントが外れてるし…。
翠　…そういえばさっき…。
久美　？
翠　ひゃくようそうって…。
久美　ひゃくようそう？
翠　翠さん、ひゃくようそうってありました？　小学校に。
久美　あったわ。
翠　何のことなんですか？

翠　知らない？温度計の入った箱。
久美　箱なんですか？
翠　そうよ。なんだと思ったの？
久美　ひゃくようそうって言うから、花か草かなって。だって、先生、庭を見ながら突然おっしゃったから。
翠　白い木で出来た、こんな形の…。
久美　（首をふる）
翠　百葉箱か…なつかしいな。
久美　何がですか？
翠　（ふっと笑って）うん。…五年生の時ね、私、記録係っていうのに選ばれたの。毎朝、百葉箱のなかの温度計、見に行って書きとめる係。はじめはめんどくさくって、よくさぼったりしてたんだけど、さぼると担任に叱られるでしょ。それでね、自分でさぼらない方法考えて。
久美　なんですか、方法って。
翠　百葉箱にね、名前をつけたの。「お父さん」って。
久美　おとうさん？
翠　そう「お父さん」。誰かにお父さんって呼びかけてみたかったのかしらね。毎朝、

久美　百葉箱の扉を開けて「お父さんおはよう」って。結構、気分よかった。
翠　そのこと、先生はご存知だったんですか？
久美　母さん？秘密よ。でも、ある時ね、その中に手紙が入ってたの。
翠　百葉箱の中にですか？
久美　そう。「早起きさんへ」とか「がんばってるね」とか、内容は簡単なものだったんだけど、それからは、扉を開けるのが楽しみだった。
翠　先生じゃなかったんですか？
久美　母さんの字じゃなかったわ。担任の先生でもなかった。いまだに誰だかわからないの。記録係を引き継ぐ最後の日には「おつかれさま」って書いてあったわ。
翠　不思議ですね。
久美　百葉箱のお父さんが私を励ましてくれてたのよね。
翠　翠さんの本当のお父さんって、どんな方だったんですか？
久美　聞いてない？母さんから。
翠　はい。
久美　あの人、未婚で私を産んだのよ。
翠　未婚って、結婚、されなかったってことですか？
久美　そう。父親なんて、どこの誰だか。

久美　名前もですか。

翠　名前も顔も知らないわ。

久美　…すみません。変なこと聞いちゃって。

翠　いいのよ。別に久美ちゃんに隠しておくことでもないし…。だけどどうして、百葉箱なんて…、変ね。

久美　でも…。

翠　うん？

久美　知りたくはなかったんですか？

翠　ああ、父親のこと？

久美　はい。

翠　そうね、子供のときは知りたくてしかたがなかったけど。だんだんね、母さんが言いたくないならそれでもいいかって。これは親子でも踏みこめないプライバシーの部分なんだって、思うようになったの。

久美　寂しいって、思いませんでした？

翠　そうね、学校から帰っても誰もいないときなんかね。だから、二階から峠さんのミシンの音が聞こえてくると、なんだかほっとして、あ、一人じゃないんだって。二階にお菓子を持って遊びに行ったりしてね。峠さん、そんな時、よくお手玉を

久美　作ってくれた。
翠　お手玉を？
久美　そう。ほら、あの人、お洋服を作る仕事でしょ。あまりぎれをパッチワークして、そりゃ、きれいなお手玉だったわ。あんなお手玉を持ってる子なんて、クラス中で私くらいだった。私の宝物だったのよ。
翠　峠さんって、いい方なんですね。
久美　無口だけど、とても腕のたつ人なの。今だって、何十年来のお得意さんもいるし。駅前の沼田病院の院長先生もそうなんですってね。
翠　あそこの大先生、峠さんの作ったお洋服以外着たくないんですって。朝食はツイードのジャケットを着て紅茶にクロワッサンだそうよ。
久美　イギリス紳士みたい。でも、少なくなってきたんじゃないですか、そういう昔ながらのお客様って。
翠　ええ。だから今は、サイズ直しの仕事とかメーカーの下請けとかね、いろいろやっているみたい。
久美　…でもいいな。手に職があると。
翠　うん？
久美　自分に自信もって生きられるじゃないですか。先生だって仕事持ってたから一人

翠　でも翠さんを育てられたんでしょ。
久美　まあ、そうね。
翠　翠さんだって、司書って、専門職でしょ。キャリアウーマンですよね。
久美　売れ残りのね。
翠　まだ若いじゃないですか。
久美　40よ。

そこに未散が入ってくる。手にはワインと栓抜きを持っている。

未散　その歳なら、私にはもう小学生の娘がいたわね。
翠　それ、今夜飲もうって、久美ちゃんと話してたとこよ。
未散　（テーブルを見て）わあ、おいしそう。翠、栓抜いて（と、ワインと栓抜きを翠に渡す）久美ちゃん、ワイングラス。
久美　はい、ここに。（と、テーブルの下のお盆からグラスを3つ取り出してくばる）
未散　用意のいいこと。
翠　（栓を抜いて）はい、母さん。（と母のグラスにワインを注ぐ）
久美　あ、私が。（と、翠の持っているワインを受け取って翠のグラスに注ぐ）

翠　ありがとう。

未散　（久美からワインを受け取って）久美ちゃん。（と、久美のグラスに）

翠　（全員にワインが注がれると）母さん、何か言って。

未散　久美ちゃんの手料理に。

三人　かんぱーい。

おいしいとかよく冷えてるとか口々に言い合いながら、三人、ワインを飲み、食事をしはじめる。三人の声は重なり合い、楽しげな笑い声を響かせながら秋の夜はふけていく。

翠　ねえ、これなに？

久美　レタスのごまあえです。

未散　（餃子を食べて）あれ、お肉じゃないわ。

久美　ひじきとにんじんです。健康にいいんですよ。

未散　…。

久美　まずかったですか？

翠　ううん、おいしいわよ。ねえ、母さん。

未散　ええ、ほんと、おいしい。新しい食感よね。
久美　ご飯、つぎましょうか？
翠　いいわ、まだ。
未散　翠、おべんとう。
翠　え、どこ？
未散　ここ。（と、翠の口もとについたごまを取る）ほらごま。（と、食べる）
久美　そうだ、先生、大工さんから電話ありませんでした？お昼、私がお買い物に行っている間に。
未散　なかったけど。
翠　大工さんがどうしたの？
久美　お台所の床が抜けてしまって。

未散と翠、顔を見合わせる。

久美　すみません。
翠　あ、久美ちゃんのせいなんかじゃないわよ。
未散　そうよ。

久美　お隣に紹介していただいたんです。知り合いの大工さん。連絡、あるはずなんですけど。

翠　明日、電話してみたら？

久美　そうします。

未散　古くなってきたからね、この家も。そろそろ手を入れなくちゃ。

翠　家もボケるのよね。誰かさんと一緒。

未散　なあに。

翠　なんでもない。

未散　ねえ、聞こえない？虫が鳴いてるわよ。秋ねえ。

久美　時計じゃ、ないですか？

翠　私の部屋かな。

久美　あ、止まった。

翠　どうりで朝鳴らなかったわけよね。…虫だって。（と、笑う）

未散　ぼけてるのはどっちよ。

翠　何よ。

未散　朝と夜と間違えてセットしたんでしょ。

翠　時計がおかしいのよね。

未散　負け惜しみ言っちゃって。（おかずを食べながら、久美に）ねえ、これ、何？
久美　こんにゃくのコロコロステーキです。
未散　…おいしい。

暗転。
暗い中、片付けながらテーブルの上を拭いている久美。
久美にスポット。久美、正面を向いて語り出す。

久美　その日はそれだけで、私はそのまま帰りました。真木さんが初めて来られたのは、あとから知ったのですが、その何日かあとの日曜日のことでした。私はお休みで、その時のことは何も知りません。
ただ、その前に手紙が…。ええ、速達便で。受取人は大沢未散。先生宛でした。先生は真木さんからの手紙を読み出して、しばらくすると何か考え事をされている様子で、どなたからなんですかって、お聞きしたんですけど…。（首を振る）…でも、私、差出人の名前を見たんです。たしかに真木森生って書かれてました。森に生きるなんて、変わった名前だなあって、だからよく覚えているんです。

そのことは誰にも、ええ、翠さんにも話しませんでした。だって、いつもの生徒さんからの返事だとばかり、私、思ってましたから。

暗転。

2

日曜日の午後。縁側に立っている男。

真木森生だ。真木は眩しそうに細めた目を庭に向けている。

真木、納得した様子で何度かうなずく。ポケットからカメラを出し、シャッターを押す。翠がお茶を持って入ってくる。真木、カメラをポケットに。

真木　いい庭ですね。
翠　手入れ、してなくて。
真木　それに広い。
翠　どうぞ。（と、座るようにすすめる）
真木　すみません。（と、座りながら）すっかり秋なんですよね。街にいると季節感がなくなってしまって。ここに来るのにバス停を一つ間違えましてね、4丁目から5丁目、一駅歩いたんですよ。銀杏、あの道の両側の。
翠　…あぁ。

真木　色づいて、きれいだったな。
翠　どうぞ。（と、お茶をすすめる）
真木　どうも。
翠　すぐに戻ってくると思うんですけど。
真木　…あの、今日、来られること、母は承知してたんでしょうか？
真木　手紙を出しておいたんですが。
翠　私、何も聞いてなくて、お客様があるなんて。
真木　（苦笑して）客とは思われてなかったのかもしれません。（と、お茶を飲む）
翠　どうして出かけちゃったのかしら…。あの、真木さんっておっしゃいましたかしら？母とはどういう…。
真木　あ、失礼しました。私、こういう仕事をしてまして。（と、名刺を渡す）
翠　（名刺を見て）ルポライター…。
真木　娘さん、ですか？
翠　はい。翠といいます。
真木　すいさん？
翠　翡翠の翠という字を書きます。みどりって、読む人が多いんですけど。
真木　いい名前ですね。

翠　なんか、昔の人みたいで。

真木　翠さんか。

真木、あらためて翠を見る。じっと翠を見つめている真木の眼にあわてて眼をそらす翠。

真木　実は、ですね。今日、こちらにお伺いしたのは、少し、お尋ねしたいことがあったからなんですが。

翠　はい。

真木　お母様からは、本当に何も？

翠　ええ。

真木　そうですか。…それじゃ、少し、聞いていただけますか。手紙には簡単に書いておいたのですが。

しばらくの間。

真木　今から40年以上前の話になるんですが、藤崎信という写真家をご存知ありませんか？

翠　いいえ。

真木　藤崎は若い頃、盛り場で似顔絵なんかを描いていたんですがね、そのうちカメラに凝り出して、日本中を歩き回っては目的もなく写真を撮るという生活をはじめたんです。民家の路地裏を写しているかと思えば、どさまわりの一座を追いかけてみたりとか、空や山を撮っているのかと思えば、引退したストリッパーを取材したりね。

生活はかなりだらしがなかった。一度結婚し、家庭を持ちましたが、すぐに離婚しています。カメラを持っては旅に出て、一度旅に出ると家族にも友達にも一切連絡がなかった。だから、あの時も、またいつもの旅行だと、誰も問題にしてはいなかったんです。

翠　あの時？

真木　あの時を境に、彼は消えてしまった。藤崎は出版関係や知人にかなりの借金がありました。当時、借りていたアパートの家賃も滞っていた。仕事の方でも何か悩んでいたようで、それで失踪したのだろうと、そんな風に周囲は判断したようです。年間何百人という人間が失踪しているんです。いつしか藤崎のことは、世間からは忘れられてしまった。しかし、最近になって、ある出版社の倉庫から、眠ったままになっていた藤崎のフィルムが多量に発見されましてね、あらためてその才能が見直されることになったんですよ。新たに写真集をという動きが大きくなって、どうせなら、藤崎個人の生き方にもスポットをあてたものを作ろうということで、出版社から依頼を受けましてね、まあ、私が各方面へ取材をさせてもらっているんですが…。

翠　今日伺ったのも、実はそのことで、お母様からお話をお聞きしようと思いまして。

真木　ちょっと待ってください、じゃ、母が、何か知っているというのですか？その、藤崎という写真家について。

翠　ええ。取材をしていく中で、当時、小学校の教師をしていた大沢未散という女性、つまりあなたのお母様と交流があったという証言がありましてね。藤崎の私生活は謎に包まれています。写真では食べて行けない。住所もひとところに一年とは住んでいなかった。家賃を踏み倒しては、どこかへ消えてしまうといった生活だったようです。…翠さん、お母様からそのような写真家との交流を、お聞きになったことはありませんか？

翠　（首をふる）

真木　（袋から写真の束を取り出して）これはその写真の一部なんですが。（と、翠に渡す）

翠　（一枚一枚見ていく。ある一枚で眼を止める。そして真木の顔を見る）これは…。

真木　ここの、庭ですね？
翠　…ええ。
真木　ここに写っている女性、あなたのお母様じゃありませんか？
翠　ええ。
真木　(翠の顔を見て) 似ていますね。
翠　どうでしょう。
真木　いつ頃でしょう。
翠　さあ、かなり若いようだけど。
真木　季節は？
翠　たぶん、今頃でしょうね。…柿がなってるわ。
真木　(庭に近づいて) あれですね。
翠　最近は実のつきが悪くて。
真木　うまそうだなあ。いや、好きなんですよ、柿。僕のいなかの家の庭にも柿の木がありましてね、そういやずいぶん帰ってないな。おふくろがうるさいんですよ、早く結婚しろって。つい帰るのがおっくうになってしまって…、(話しがそれているのに気がついて) あ、すいません。
翠　母さんの若い頃の写真なんてめずらしいわ。家には学校で撮ったものくらいしかないんです。

真木　そうですか。母とはどういう関係だったんでしょう。

翠　藤崎ですか？

真木　ええ。

翠　僕がお聞きしたかったのもその辺のことなんですが…。

真木　何年前だとおっしゃいましたっけ？その方が失踪したのは。

翠　40年前です。それ以降、音信が途絶えています。

真木　もしかしたら峠さんが何か知っているかも。

翠　峠さん？

真木　二階に下宿されているんです。もう40年以上。藤崎さんがこの家に出入りしていたなら、何か…。

翠　聞いてみていただけませんか？

真木　藤崎さんの居所は、今でもまったくわからないんですか？

翠　ええ。しかし、あれだけのネガを出版社に大量に持ち込んだまま何の音沙汰もないなんて僕には信じられない。僕なら自分の原稿を持ち込んだら金になるまでむしゃぶりついて離しませんよ。

翠　…。
真木　どうしてお母様は藤崎のことをあなたに言わなかったんだろう。
翠　ただの、知り合いにすぎなかったのかもしれないし、言う必要もないと思ったんじゃないでしょうか。
真木　そうかな。
翠　…。
真木　当時、藤崎の行方を捜そうとするものは誰もいなかった。失踪届は、ずっと後になって郷里の母親から出されているんです。その母親も3年のちにはなくなってる。ただ失踪したくらいでは警察は動きません。ことはあいまいにされたまま40年が過ぎた。
翠　(突然大声で) 母さん、帰ってるの?
しばらくの間があって、一人の老人が入ってくる。峠だ。足を少し引きずっている。
真木を見て、驚いたような、放心したような表情で、ぼんやりと立っている。
翠　おじさん…。
峠　…。

翠　ちょうどよかったわ。（真木に）峠さんです。
真木　二階に下宿していらっしゃる？
翠　（うなずいて、峠に）こちら真木さんとおっしゃるの。ルポライターの方。
真木　真木といいます。実は藤崎信という写真家について…。
峠　（強く）知らん！
翠　（峠の態度にびっくりして）おじさん…。
峠　私は何も知らない。上は上、下は下。未散さんはいつもそう言っていた。
翠　聞いてたの？
峠　聞こえたんだ。…これを、これを持ってきて、今月分の家賃を。（翠に封筒に入った家賃を渡して出て行こうとする）
翠　待って。
峠　（振り向く）
翠　これを…。
翠、庭で写した母の写真を見せる。じっと写真に見入っている峠。
翠　これはいつ頃？

峠　（写真を撫でながら）私が作ったワンピースだ。
翠　この服が？母さんが着ている？
峠　あんたが産まれる前のことだよ。

峠、写真を翠に渡して出て行く。

真木　何か知っているな。
翠　…。
真木　（写真の束を仕舞って）また来ます。
（翠の手にした母の写真を指して）その写真はお母様に。

翠、部屋を出て行こうとする真木を見送っていたが、

翠　真木さん。
真木　（振り向く）
翠　私もそこまで。
真木　じゃ。

真木と翠、出て行く。テーブルに一枚だけ残された母の写真。庭の方からすすきを手に、未散が入ってくる。その写真を取り上げて見る。

未散　まだ残ってたのね。

写真を見て、思い出を手繰り寄せる未散。

未散　初めてだったわ。あの人が写真を撮ろうなんて言ってくれたのは…。だから、私、峠さんが作ってくれたこの白いワンピースを着て、あの日も、今日みたいに秋晴れで、空が真っ青で…。

未散、あの日に思いをはせるように空を見上げる。

暗転。

3

久美が正面を向いて座っている。スポットライトに浮かび上がる久美。

久美　（客席に語りかけるように）結局、先生はその日は、真木さんとはお会いにならなかったんです。なぜだか、私にはよくわかりません。私には約束を忘れていたっておっしゃってましたけど。でも、たぶん、あいたくなかったんだろうと思います。それからも、真木さんの電話にはいつも居留守を使っていらっしゃいましたから。でも、真木さんは諦めずに何度も電話をしていらして…。

次に真木さんがいらしたのは、あれは、何週間かあとの、土曜日のことでした。その日は、翠さんが、大切なお友達が来るから先生に出かけないようにお願いをしていらして…。だから、先生も私も真木さんがいらっしゃるとは全然思っていなくて、とても驚いたんです。…たぶん、それまでに、真木さんと翠さんの間で何かお話し合いのようなものがあったんだと思います。

あの日、私達は朝からおもてなしの支度で大忙しでした。

舞台、全体に明るくなると居間。久美がかたわらにあった客用の座布団を並べ始める。

翠　（声）久美ちゃん、久美ちゃん。

久美　はーい。

翠　（顔を出して）ここだったの。

久美　あ、めずらしい。

翠はあざやかな色の服を着ている。

翠　これ？この間買ったの。ちょっと派手かなって思ったんだけど。

久美　そんなことないですよ。すごく似合ってる。いつもと全然違う感じ。

翠　そう？あ、ねえ、これ食べてみて。（と、手に持っていた小皿に盛ったちらしずしを差し出す）

久美　出来たんですか？

翠　どう？

久美　（食べて）おいしい。

翠　本当？
久美　ええ、完璧。
翠　松茸ご飯にしようかちらしずしにしようか迷ったんだけど、松茸のほうはね、土瓶蒸しにしようかと思って。
久美　なんかすごいですね。どういうお客様なんですか？
翠　ないしょ。
久美　男の方？
翠　ええ。
久美　あ、そうか。
翠　何よ。
久美　ふーん。（と、納得した様子）
翠　何よ。いやな子ね。
久美　それで、先生に家にいてくれっておっしゃってたんですね。
翠　そんなんじゃないったら。
久美　じゃ、何なんですか？
翠　何って…。
久美　ほらね。

翠　まあいいわ。
久美　楽しみ。
翠　何よ、久美ちゃんこそ、知ってるわよ。
久美　何がですか？
翠　この間、駅で。
久美　ああ。
翠　付合ってるの？
久美　付合ってるっていえば、そうかも。
翠　どの位？
久美　三カ月くらいかな。続いてるほうですね。
翠　そんなにすぐ別れちゃうの？
久美　いやなんです。
翠　何が？
久美　みんなすぐホテルに行きたがるから。
翠　え？
久美　映画みても食事してもそわそわして、どこか二人だけになるとこ行こうって。それぱっかり。

翠　そういう時、どうするの？
久美　行くけど。
翠　行っちゃうの？
久美　嫌われたくないから。
翠　でも、そういうのって変じゃない？
久美　お洒落なお店で食事したり、踊りにいったりとかしたいって言ったら、みんな笑うんです。そんながらじゃないって。
翠　ええ？
久美　そりゃ、似合わないかもしれないけど。
翠　そんなことないわよ。
久美　今日はホテル行きたくないって言ったら機嫌が悪くなるんです。
翠　そんなやつはこっちから願い下げよ。
久美　でも、ホテル行くって言ったら、やさしくなるんです。だから…。
翠　(じれったそうに)もう、あのね、わからないの?そういうのってね、本当のやさしさじゃないのよ。ホテル行くからやさしくなるっていうのは。
久美　子供の頃、いじめられた時、かばってくれた男の子がいたんです。その子、私の胸を触って、また触らせてくれたらかばってやるって。いじめられるよりそのほ

うがよかったから。男の子って、胸、触らせたらやさしくなるんだって。だから、

翠　私、今でもそう思っているとこあって…。

久美　自分のこと大切にしなくちゃ。

翠　大切にしてますよ。だって、風邪ひいたこともないですもん。

久美　そういうことじゃなくって。

翠　「小学校にも、一日も休まず元気に通ってきていましたね」って、先生も手紙に書いてくださってました。先生、覚えててくださったんだって思ったら、もう、うれしくて。

久美　一人一人のこと覚えてるのかしらね。

翠　ええ。

その時、未散が入ってくる。翠を見て、

未散　翠、ネックレス、つけたほうがいいわよ。真珠の、あったでしょ？

翠　そうね、そうするわ。…そうだ、柿、取ってこなくちゃ。

久美　私が取ってきましょうか？

翠　いいわ、私がするから。（と、出て行く）

未散　はりきってること。
久美　翠さんの、ボーイフレンドなんでしょ？
未散　そうみたいね。
久美　どんな方なんですか？
未散　知らないわ。たまげちゃうわね。ボーイフレンドなんて。あの子、男嫌いだとばかり思ってたわ。だって、女子高から女子大でしょ、勤め先だって、課長さん以下女ばっかりじゃない。男の人からの電話だって、普通あるでしょ？ 若い女なら。
久美　ええ。
未散　一度もなかったのよ、今まで。
久美　信じられない。
未散　ねえ。

がらがらと玄関の戸が開く。「ごめんください」という声。

久美・未散　（同時に）あ、いらした！

久美、出ようとするが、

翠（声）　私出るから。

久美　（未散に）じゃ、私、台所に行ってます。後でお茶、お持ちしますね。（と、出て行く）

未散　お願い。

未散、立ったり座ったりおろおろしている。翠、真木を連れて入ってくる。

翠　（真木に）どうぞ。

真木　あ、すみません。（と、座る）

翠　母さん、座って。（と、自分も座る）

未散　（座って）いらっしゃいませ。

真木　どうも。

未散　翠の母です。

真木　真木といいます。（と、名刺を出す）

未散　（気がつかずに）翠がいつもお世話になっています。

翠　母さん、こちら、ルポライターの真木さんよ。

未散　ルポ……。

真木　先日もお伺いさせていただいたんですが。

翠　電話にも出なかったそうじゃない。

未散　……。

翠　母さんの話が聞きたいそうよ。

真木　お話いただけないんで、翠さんの勤め先に連絡させていただきました。すみません。

未散　…だましたのね。

真木　写真家の藤崎氏のことについてなんですが。

未散、その間にも、ぶつぶつと「いやらしい、二人して人をだますようなまねをして」などとつぶやきつづけている。

翠　母さん！

未散　用件はわかってます。お手紙、読ませてもらいましたから。

真木　こちらに、来ていたんですね、藤崎氏は。

未散　…ええ、昔ね。

翠　写真見せたときは覚えてないって言ってたくせに、（小声で）うそつき。

未散　今、思い出したのよ。

真木　最後に彼が来たのはいつですか？

未散　さあ、いつだったか…。

真木　19××年の秋以降、知人達のまえから姿を消したと言うことなんですが。

翠　私が生まれる前の年よ。

未散　そう、その頃ね。旅に出るといって、ふらっと出かけてそれっきり。

真木　失礼ですが、藤崎氏とは…。

久美、お茶と柿を持って入ってくる。話、中断。

久美　いらっしゃいませ。

久美。お茶をくばる。

久美　（三人の様子を見て）ごゆっくり。

久美、出て行く。

真木 藤崎氏とはどういうご関係だったんですか？
未散 お茶、さめないうちにどうぞ。
翠 母さん、答えて。
未散 …最初は、私が勤めていた学校に何かの取材でいらして、で、うちが下宿屋をしているって言ったら、一度見てみたいっておっしゃって、部屋を見にこられたんです。
真木 二階にはすでに下宿されていた方がいらっしゃいましたよね？（翠に）峠さんって、言われましたか。この間の方は。
翠 部屋は4つあるんです。今は峠さんが全部の部屋を使っていらっしゃるんですけど、昔は何人か他の方も。
真木 それで、藤崎氏に部屋を貸された？
未散 いいえ、部屋を見られて、やはり狭いからって、やめられました。
真木 でも、それからもこちらには出入りしていた。
未散 ええ。
真木 親しく付き合いがあったということなんですか。

未散　いいえ、たまにふらりといらして…。
真木　恋人関係にあったとか。
未散　そういう関係じゃありません。
　　（真木の名刺をじっと見て）真木森生…森生さん、藤崎さんの、息子さんでしょ？
　間。翠、驚いて真木の顔を見る。
翠　息子さん？
真木　（未散に）知ってらしたんですか？
未散　別れた奥さんとの間にお子さんがいて、森生って名前なんだって、聞いたことがあるわ。結婚なんてもうこりごりだけど、息子には時々会いたくなることがあるって。（真木をじっと見て）似てらっしゃる。
真木　似てますか？
未散　ええ、そっくり。
真木　この写真の時期なんですが…。
未散　悪いけど、もういいかしら。なんだか疲れちゃった。
翠　母さん、失礼じゃない？

真木　いいんです。すみません。
未散　どうぞ、ゆっくりしていってくださいね。（と、出て行く）
　残された翠と真木、気まずい間。
翠　…息子さん、だったんですか。
真木　父と言っても顔も覚えていないんですが。
翠　そうだったんですか。
真木　ええ。
翠　柿、召し上がります？
真木　あ、庭のですか？
翠　ええ。
真木　いただきます。
翠　（剥きながら）どうして黙ってらしたんですか？
真木　え、ああ、嘘をつくつもりはなかったんです。ただ…。
翠　ただ？
真木　いいえ、すみません。

翠　じゃ、写真集の話も嘘だったんですか。お父様のことを知りたくて、それだけで、ここまでいらしたんですか。

真木　出版社にネガが残っていたのは本当です。それを見つけた編集者がたまたま僕の友人で。写真集のことについては、嘘というか、まだそこまでの話は出ていないんです。(柿を受け取って)あ、すみません。…それほどの、時代的なニーズもないんですよ。残念ながらあの写真そのものにはね。

それよりも僕はあの写真のあなたのお母さんに興味を持ったんです。(柿を食べる)うまいな、これ。

翠　母が原因だったかもしれないってこと?藤崎さんとあなたのお母様の離婚の。

真木　いや、離婚の原因だとか何だとか、いまさらそういうことではなくてね。ただ、ずっと気になっていたんです、父がどうしてだまって行方をくらましたのか。あの写真を見て、もしかしてこの女性が知ってるんじゃないかって、なんだか、こう、ひっかかるんですよ。以前仕事で失踪事件を扱ったことがあるんです。いろんな人がいるんですよ。何十年も記憶喪失で、記憶が戻って家に帰ってみると家がなくなっていたとか。警察から追われているってケースもあった。でも、異性間のいざこざがね、一番多いんです。…峠さんの様子、この間会ったとき、変だと思いませんでしたか?

翠　…ええ。

真木　あの驚き方は普通じゃなかった。

翠　あなたが藤崎さんに似ていたからじゃないかしら。

真木　それなら藤崎を知っていたということになる。

翠　あ。

真木　そうでしょう。それなのにどうして何も知らないなんて言ったんだろう。今日のお母さんの様子もおかしかった。あなたのお母さんも峠さんも藤崎を封印したんだ。あの19××年の秋に。何かのわけがあってね。

間。真木、立ちあがって縁側に立つ。

真木　(庭を見て)たとえばあの柿の木の下に、落ち葉に埋もれて死体が一つ隠されているという推理は、どうですか?

翠　…何を…。

真木　それとも、二階の部屋にマネキン替わりにテーラードスーツを着た骸骨が一体あるとか。

翠　やめてください!

真木　冗談ですよ。
翠　冗談にもそんな…。
真木　たぶん、お母さんの言うようにぶらりと旅に出て、そのまま事故にあって、海に流されたか山で遭難したか沼で溺れたか、そんなところでしょうか。恋愛関係になかったか。そうであればいいですが。
翠　？
真木　あなたと兄妹ではないってことだ。

真木、翠を見つめる。

翠　（どぎまぎして）あの、おなかすいてません？
真木　おなか？
翠　おすし、作ってあるんです。
真木　あ。
翠　お酒も。
真木　いいですね。
翠　お客様なんて久しぶり。待っててらしてね。（出て行く）

久美ちゃん、久美ちゃーん、手伝ってという声、だんだん小さくなっていく。

暗転。

4

居間に久美が座っている。久美、ふきんでテーブルを拭いている。久美にスポット。

久美　（正面を向いて）その日は翠さんはとても楽しそうで。反対に先生は落ち込まれていらしたみたいで、真木さんがお帰りになるまでお部屋に閉じこもりきりでした。翠さんが、真木さんと兄妹であるのかないのか、それについて翠さんがどう思われているのか、私は何も知りません。あの夜はそれどころではなくて…。

母さん、母さん！という翠の声。久美、あわててお盆を持って部屋を出て行く。

翠　（入ってきて座るが、いらいらと立ちあがって、入り口でもう一度廊下に向って）母さん！

未散　（入ってきて）もう、うるさいわね。そんな、大きな声出さなくても聞こえてますよ。あの人、もう帰ったの？

翠　とっくよ。何時だと思ってるの。
未散　おなか、すいちゃったわ。
翠　おすしが残ってるわ。
未散　久美ちゃんに持ってきてもらおうかしら。
翠　母さん。
未散　何。
翠　私のお父さんって、誰。
未散　何なの、突然。
翠　昔、母さん、よく言ってたわよね。翠は母さん一人だけの子よって。私、悩んだのよ。自分は母さんがレイプされて出来た子じゃないのか…。母さんが話したくない以上は聞いてはいけないいんだろうなって。もしかしたら聞くのが怖かったのかもしれない。だから、自分からいろんな情報をシャットアウトしてしまったのかもしれない。可哀想なお母さんって、思うことにしたんだわ。私の知る限りでは恋人も作らなかったでしょう。峠さんからの部屋代と教師のお給料とで私を育ててくれたのよね。
未散　何言ってるのいまさら。
翠　ずっと一緒で、何をするのも二人で。二人で縛りあって、知恵の輪みたいに絡んでしまってるのよ、私達って。私、母さんの呪縛から離れなければ恋人も出来ないんだわ。
未散　呪縛？
翠　ねえ、誰なの？　私のお父さんって。
未散　誰かに解いてもらえばいいじゃないの。
翠　え？
未散　その、知恵の輪とやらを。
翠　…。
未散　真木さんに解いてもらったら。
翠　真木さんと、付き合ってもいいのね。
未散　どうして？
翠　真木さんは、藤崎さんの子よ。
未散　だから？
翠　私のお父さんは藤崎さんじゃないのね。
未散　…違うわ。
翠　…。
未散　小学校の、百葉箱に手紙が入っていたでしょう。

翠　…知ってたの？

未散　あんなこと…。

翠　誰？

未散　（頭を抱えてテーブルに突っ伏す）

翠　誰が手紙を書いたの？…ねえ、母さん？…母さん？　母さん、母さん！

暗転。

5

峠、スポットの下に座っている。

峠

未散さんがこうなった今、隠しておいてもしかたないでしょう。

あの子は、翠は、私と未散さんの間に出来た子なんです。

藤崎さんは未散さんに少しもやさしくなかった。

他に女がいたんです。未散さんはいつもかなしい思いをしていました。

私は未散さんが好きでした。でも私はこんな身体で教養もなくて、とてもうちあけることなんて、出来なかった。

あの日、藤崎が帰った後、私が家賃を持っていくと、あの人は泣いていました。

「どうしたんです?」と聞いてもただ黙って泣いていた。近づいて見るとほほがはれて、殴られたんだなと思いました。前にもそんなことが何回かあった。

気がついたら私は泣いているあの人を背中から抱きしめていたんです。あの人のワンピースの背中からあの人のぬくもりがつたわってきた。私が作ったワンピースだった。

秋なのにモクレンの香りがしました。あれはあの人の肌の香りだったのかもしれない。

その時、何かがはずれたんです。私の心の中のかけがねのようなものが。たぶん、あの人のなかでも…。

だって、あの人は一つも抵抗をしなかったんですから。そのあとで、私はあやまりました。あの人はもういいのよって言いました。悩みました。ここを出て行こうと思いました。でも、出て行けなかった。

あの人も出て行けとは言いませんでした。藤崎はもう来なくなっていました。あの人のおなかには私の子がいました。そう、私の子です。未散さんが、そう言ったわけではありません。でも、翠は私の子なんです。

でも私は名乗るつもりはありません。

未散さんも私を翠の父親とはみとめていない。

私はむりやり未散さんを犯したんです。私には父親の資格なんてないんです。


峠、うなだれて暗転。

6

数カ月後。
床には紙の上にさまざまな色合いの花。久美がその花を一本一本取り上げてまとめている。花束が出来あがると紐でまとめて悦にいっている。翠が入ってくる。

翠　きれいに出来たじゃない。
久美　先生、よろこんでくれるかな。
翠　きっとね。
久美　この前、お花を持っていったとき、ふっと、お笑いになったみたいな気がしたんです。
翠　笑った？
久美　ええ。お花を先生の顔にかざしたら、まるで「いい匂いねえ」って、いつもの調子でお話されるのかと思ったくらい。
翠　きっとわかったんだわ。あの人、花が好きですもの。

久美　だから私、毎日、お庭のお花、持っていこうと思って。
翠　ありがとう。
久美　はやく意識がもどられるといいですね。
翠　そうね。
久美　突然、あんなことになってしまって、何かお言いになりたかったんじゃないでしょうか。
翠　そのうち、眼を覚ますわよ。お医者さんも可能性がないわけじゃないっておっしゃってたし。
久美　本当に普通に眠っていらっしゃるときみたい。とてもやすらかな寝顔。
翠　きっと夢を見てるのね。夢の中で私達の知らない幸せな時代を行き来しているんだわ。
久美　そうでしょうか。
翠　そう思わない？
久美　そうですね。
翠　この家もまた寂しくなっちゃったわ。
久美　峠さん、本当に出て行かれたんですか？
翠　ええ、私の知らないうちにね。手紙が一通残っていただけ。「元気で」って。な

久美　んだかあの百葉箱の手紙、思い出しちゃった。
翠　百葉箱？　あ、小学校の。
久美　ええ。あれは、峠さんだったのかも。
翠　…翠さん。
久美　何？
翠　また下宿屋、やりませんか？
久美　え？
翠　近くに大きな大学もあるし、まかない付きなら、きっと借りる人、見つかりますよ。
久美　まかないって…私、とても…。
翠　私が手伝います。先生が病院から帰ってこられてもお世話できるし。私、働かないとだめなんです。働いて、一人で子供育てないと。
久美　子供？
翠　五カ月ですって。
久美　久美ちゃん…。
翠　相手、わからないんです。いろんな男の子とホテル行ったから。でも、産みたいんです私。先生だって一人で翠さんを育てたんでしょ。お父さんいなくても、翠

翠　さんみたいにかしこい子供になるように、私、一生懸命働くんです。
久美　ご両親には話したの？
翠　おろせって言われました。私、いやだって言ったんです。そしたら叱られました。そんな父親のわからない子産んでどうするんだって。私、頭に来たから家を出てきたんです。

よく見れば久美のかたわらに旅行鞄が置いてある。

久美　父親のわからない子は産んじゃいけないんですか？
翠　…そんなことはないわ。久美ちゃんさえ、その気なら。…産めばいいわ。そうよ、それで、ここで育てればいいんだわ。久美ちゃんがこの家にずっといてくれたら母さんだってよろこぶわ。
久美　私、がんばります。
翠　リフォームしなくちゃ。二階の壁、塗りなおして、ふすま、張り替えて…。
久美　私、手伝います。
翠　不動産屋行って、広告出して。
久美　はい。

翠　忙しくなるわ。

玄関が開く音。

真木　(声) 真木です。
久美　あ、はーい。(翠に) 今日、約束していらしたんですか？
翠　ええ。
久美　なんだ、じゃ、私は先に病院に。
翠　あとで行くわ。看護師さんに挨拶しておいてね。
久美　はい。じゃ、行ってきます。

久美、花束を持って出て行く。
翠、残りの花を片付ける。真木、入ってくる。

真木　久美ちゃん、出て行ったけど。
翠　ええ。先に母さんのところに行ってもらったの。
真木　そう。(かたわらの旅行鞄を見て) これは？

翠　これは久美ちゃんが。
真木　久美ちゃん、旅行でも行くの？
翠　家出してきたのよ。
真木　大変だな、この家も。お母さんが入院したり峠さんが出て行ったり。
翠　他人事みたいに。責任はあなたにもあるんだから。
真木　俺のせいか。そうだな、俺さえこなければ、お母さんもあんなふうにならなかったかもしれない。峠さんも出て行くことはなかっただろうな。
翠　そうよ。なんて、嘘。気にしないで。
真木　だけど、どうして峠さんは出て行ったんだろう。
翠　さあ。
真木　…昨日、藤崎が君のお母さんと同時期に付合っていたっていう女に会ってきたんだ。
翠　そんな人がいたの？
真木　ああ。…藤崎は君のお母さんが妊娠していたことを知っていたよ。未散が自分の子供を妊娠したって、女にそう話していたそうだ。
翠　自分の子供…。
真木　藤崎はめんどうだから別れるって言ってね、別れ話をするために、もう一度、あの家に行って来るって、そう言って、それっきりになっちまったんだってさ。

翠　それっきりって？

真木　藤崎がこの家に別れ話に来て、それっきり消えちゃったってことだよ。

翠　……。

真木　まあ、その女もまともに藤崎と付合っていたわけでもなかったから、反対に自分が捨てられたんだろうと思って、そのままになってしまったんだろうな。可哀相な男だよ、俺の親父も。

翠　どういうことか、わからないわ。

真木　俺にもわからない。

真木、庭をにらんでいる。

真木　スコップ、あるか？

翠　何をするの？

真木　庭を掘り返すんだよ。

翠　なんですって？

真木　この下に、骸骨が眠ってるかもしれないんだぜ。

翠　そんな、そんなわけないじゃない。
真木　どうしてそう言える。
翠　とにかく…、この庭を掘り返すなんて、やめて。
真木　じゃ、どうするんだよ。
翠　このままで。
真木　このまま?俺たちは兄妹かもしれないんだぜ。
翠　そうね。
真木　いいのか、それで?
翠　しかたないじゃない。庭を掘り返してみたって、本当のことはわからない。母さんの意識は、たぶんもう戻らない。峠さんも帰っては来ないわ。
真木　翠…。
翠　この家で、母さんと、小さかった私と、二人で花を植えて、暮らしてきたの。私はこの家を離れることは出来ないわ。たぶん、これからもずっと。

夕焼けが空を茜色に染めている。

翠　本当のことを知っているのはこの家だけ。

花が咲いて、木が茂って、枯れて、落ちて、その繰り返し…。
ひめごとも、時間と一緒に、遠い未来に贈られていくのよ。

白いワンピースを着た翠は永遠の夕暮れのなかで40年前の未散に重なる。

END

ちいさな物語

きぬえちゃん

小学生の頃。
休みになると、私はおばあちゃんと、
静岡にある親戚の家に遊びに行った。
にぎやかな商店街の真ん中にあるその家は、
古くから続く呉服屋さんだった。
店の奥は住まいになっていて、
家族の他に大勢の住み込みの人たちが働いていた。

家は大きくて、迷路のように入り組んでいた。
廊下があちこちに伸び、
その先の階段はひっそりとして、
子供が上がるのを拒んでいた。

大人ばかりのその家で、
唯一、私の遊び相手になってくれたのが、
一人娘のきぬえちゃんだ。
きぬえちゃんはあの頃高校生だった。

「昔ね、遊郭だったんだ、ここ」

暗い二階を見上げて、きぬえちゃんが言う。

「ゆうかく?」

初めて聞く言葉。

「女の人がたくさんいて、男の人が遊びに来るとこ」

「呉服屋さんじゃなかったの?」

「呉服屋になる前の話。」

「きぬえちゃんはその人たちを知ってるの?」

「私なんかが生まれるずうっと前の話よ」

「ちょんまげのお侍さんとかがいた時代?」

「それよりはもうちょっと後かな」

「女の人は、みんな着物を着てたんでしょ。お店に写真が貼ってあったよ」

「あれは呉服屋になってからの写真」

「呉服屋はゆうかくとはちがうの？」

「ちがうよ」

「どこが？」

「どこがって…。いいじゃん、おやつ、食べよ」

私の質問に答えるのがめんどうになると、きぬえちゃんはいつもこう言ってはぐらかした。

＊

あれは、お店がお休みの日だった。

おばあちゃんは親戚の大人たちと、出かけていった。

家には、きぬえちゃんと私の二人だけ。

「おばあちゃんたち、どこに行ったの？」

「お芝居。終わった後は、ひいきの役者さんとお食事だって」

「ふーん」

私はまたこの間の話を蒸し返す。

「ねえ、ゆうかくって何？」

「昔そういうおうちだったの。

それをうちのひいおじいちゃんが買い取ったの。」

「そういうおうちって？」

「だから、遊郭」

「わからないよ」

「…おやつ、食べよっか？」

その手にはのらない。

「男の人が遊びに来るって言ってたよね？」

「…」

「女の人がたくさんいたんだね」

きぬえちゃんはため息をつく。

「…二階、見たいんでしょ」

きぬえちゃんの手をしっかり握って階段をのぼる。

初めての二階。

秘密の二階。
暗い廊下の両側にたくさん部屋が並んでいる。
「小さいお部屋がいっぱいあるでしょ。
ね、来て、いいもの見せてあげる」
私たちは一番端の小さな部屋に入る。
なんにもない部屋。
きぬえちゃんが押入れのふすまを開けて、
私を呼ぶ。
私はこわごわ覗き込む。

＊

押入れの中の壁に、描かれたたくさんの絵。

お花、お花、お花、本、本、お人形さん…、
あんまり上手じゃない、黒一色の絵。

「落書きみたい」

「…寂しかったから」

いつもとはちがうきぬえちゃんの声。
私は落書きのような絵を指でたどっていく。
羽子板、かざぐるま、お手玉、おはじき…。
「あ、猫もいる」
そう言って振りむくと、
きぬえちゃんは消えて、
かわりに赤い着物を着た女の子が、
一人ぽつんと座っていた。

ひぐらしが鳴いて、
小さな部屋を西日があかく染めていた。

＊

あれは夢だったのだろうか。
今はおばあちゃんも亡くなって、

静岡の家も建て直された。
きぬえちゃんは東京で、
6人の子供のお母さんになっている。

END

トラックに乗って

何でも屋のせいじ君とは一カ月前に知り合った。

電話してやってきたせいじ君のにこやかな顔を見上げたとたん、タイプだったので、見とれてしまった。

あわてて「来月引っ越すんだけど、持って行く荷物の見積もりをしてもらいたいと思って」と言う。

せいじ君は(その時はもちろん名前は知らなかったのだけど)ざっと部屋を見渡して、「全部っすか」と聞く。

「ううん、この中から少しだけ」と言うと、うなずいてこちらを見、「俺のことはどこで?」と、ジーンズの尻ポケットからメモを取り出す。

私は「チラシ、ポストに入ってたから」と、家を案内しながら持って行きたい本棚やタンスや机を指さし、食器棚の食器や、押し入れの中の衣装ケースや寝具も見せた。

せいじ君は古い小箪笥に目を止めると「これは?」と聞くので、「置いていく」と言うと「もったいないよ」と、咎めるような目で言う。

「こういう昔の人の手作業が加わったものはもう作れないから、大事にしなきゃ。これ、いいなあ。いらないなら俺がもらっていくよ」と愛おしそうに撫でている。とたんにもったいなく思えて「じゃ、持って行く」と言ってしまう。

この家にあふれている古いものや手作りのものに、せいじ君は敏感に反応した。錫製のやかんだとか、私が作ったへたくそなパッチワークの炬燵カバーだとか、絵だとか人形だとか。

コレクションの古着物を見せたい気持ちになったが、思いとどまった。

ちょっとタイプだからと言って、若い男の子の気を引いている場合ではないのだ。

私は20年間住み慣れた家を出ていかなければならない。

*

20年前、小さな劇団の女優だった私は、その時スポンサーだった食品会社の社長に見初められた。

社長は黒崎さんと言って、女優として鳴かず飛ばずだった私をこの家に連れてきた。

古い小さな家は、子供の頃の田舎の家を思い出させた。

ここで好きな本を読んで暮らせばいいと黒崎さんは言い、私は劇団をやめてそれに従った。

黒崎さんは嫌いではなかったし、私は本を読んでいれば幸せだった。

近くのお寺では月に一回市が立った。

その市で、食器や火鉢や戸棚や古着物を買って楽しんだ。

黒崎さんは週に一度やってきて、火鉢で焼いたお餅や私の手料理を食べ、銘仙の着物を着た私を面白がった。

そんな生活を、20年間してきた。

二カ月前、黒崎さんは亡くなった。私はお葬式にも呼ばれなかった。

奥さんからいくばくかのお金をもらって、この家を出て行けと言われている。

親も親戚もいなくなっていたが、生まれた土地に帰ろうと思った。

引っ越し先のアパートも見つけた。

仕事は見つからなかったが、当面は食べていける。

＊

今、私は、何でも屋のせいじ君のトラックに乗って、引っ越しの最中だ。

あれから一度、せいじ君は近くまで仕事に来たからと、夕方から引っ越しの支度を手伝ってくれた。

「何でも屋って、何するの？」

「色々。大掃除の手伝い、不用品の処分、ペンキ塗り、墓掃除、お年寄りや体の不自由な人の病院通いに付き添ったり。出来ることなら何でも」

「忙しい？」

「まあ、小さい仕事が多いけどね。何でも屋は仲間と一緒にやってるから分担できるんだけど、でも、俺、別に店を持ってるから」

「店？」

「古道具屋。親父が亡くなって俺があとを継いだ。月に一回、市にも店出してるよ」

「どこの市？私も毎月市に行ってたんだけど」

「りょうこさんが行ってたのは寺の市でしょ。俺の出してるのは隣町」

りょうこさんと言われてちょっとときめく。

後で聞いたら私の電話の声が小さくて、苗字が聞き取れなかったかららしい。

でも私は、じゃあ私もせいじ君って言っていいんだと、思ってしまった。

「だから古いものに興味があるのね」

「俺、もともと古道具とか好きなんですよ。ピカピカの新品よりも味があって可愛いでしょ。何かの縁で俺のところに来たやつらを、穴とか傷とか直してやってまた使えるようにしてやる。手間かけた分、愛着も増す。大掃除や引っ越しの手伝いに行って不用品の中に好みのものがあったらもらってくるんです。手を入れて店で売ったり、俺が自分で使ったり」

「お店ってどこにあるの？」

せいじ君の店のある場所は私が引っ越しを決めた町へ行く途中だった。

「寄りたいな」

「え？」

夜になっていた。片づけが終わって、二人でお茶を飲んでいた。カーテンを引き忘れた窓に「え？」と振り向いたせいじ君の顔が映っている。その顔に向かって私は言う。

「引っ越しの時、私、そのお店に寄りたい」

窓に映る顔に微笑むと、せいじ君が微笑みかえした。

＊

せいじ君の店は、古い町並みの一角にあった。

手作りの看板に「古道具　うぞうむぞう」と書いてある。

せいじ君は入り口のカギを開けながら、

「店は今は週二回だけ開けてる。店兼物置兼俺の工房」

「うぞうむぞうって？」

「有形無形。たくさん集まったガラクタって意味もある」

古いものたちはみんな手入れされて居心地よさそうだ。

そのままでは捨てられてしまうものたち。せいじ君はそれを再生して愛でている。

小さな店の奥には足踏式のミシンが置いてある。

「こういうの、懐かしいな」

「俺、使えないんだけど、現役だよ」

子供の頃、母が足踏みミシンで服を作ってくれた。私も横で見ていてやり方を覚えた。

「古い布がいっぱいあるからなんか作れたら面白いんだけど」

「私、作ろうか」

「作るって？」

「ミシン、使えるよ。ここに通って、ついでに店番も手伝える」

「それは素敵だけど、給料払えないよ」

「なくてもいいわ」

「そういうわけには…」

せいじ君はちょっと考えている。

「…二階が空いてるんだけど」

「二階?」

「俺はおふくろとこの近くに住んでる。二階、住もうと思えば住めるよ。りょうこさん、ここに住む? 給料は払えないけど、家賃はただにする」

せいじ君は二階に案内してくれる。

六畳と四畳半の和室。押し入れの衣装箱にはたくさんの着物が詰まっていた。

私にとっては宝箱だ。

「処分してほしいってところからもらってくるんだけど、でも、俺、着物のこと、よく知らないから」

私は一枚一枚丁寧に見ていく。鹿の子の総絞りや鬼ちりめん、縞のお召や鮮やかな銘仙。

「虫干ししなくちゃ」

「市に出すと結構売れるんだ。ちゃんと手入れして売りたいんだけど」

「それも手伝う」

きれいねえと言いながら銘仙の着物を羽織っていると「うん、きれいだ」と、真面目くさってせいじ君が言う。

せいじ君って、いくつなんだろ?

どうでもいいようなことが頭にうかぶ。

窓の下で、せいじ君が鼻歌を歌いながら荷下ろしをしている。
そうだ、引っ越し先の大家さんに断わりの連絡をしなくちゃ。
今日から私も、この店のうぞうむぞうになるのだ。
物事は、行き当たりばったりに見えても、実はそうではないのかもしれない。
筋道の通った人生なんて、どこにもない。

END

一通の手紙

母の実家は「洗濯船」という名前の古い喫茶店をしている。

はじめたのは、私のひいおじいちゃんだ。名前を啓太郎という。

啓太郎は、若い頃、絵の勉強をするためにパリに留学していた。

1920年代、芸術の都、パリに憧れて絵の勉強に行った学生は多かったという。

残念なことに、彼は画家にはなれなかった。

だけど、パリのカフェーの自由な雰囲気が忘れられなくて、帰国してから、喫茶店を作ったのだ。

名前の「洗濯船（せんたくせん）」の意味は、子供の頃、よく祖母から聞かされた。

モンマルトルに画家たちの集まるボロアパートがあって、そのアパートの名前が洗濯船といったのだそうだ。

ピカソやモジリアニといった有名な画家たちも、そこで暮らしていたことがあったらしい。

洗濯船とは、その頃、セーヌ川に浮かんでいた洗濯用の船のことで、アパートの細長い形や、歩くたびにぎしぎし床が鳴るところが、その船に似ていたから、洗濯船と呼ばれていたのだという。

そこから名付けた喫茶店だが、出来た当時は、芸術家を気取るおしゃれな人たちの、ちょっとしたサロンだったそうだ。


でももう古さも限界。今、店は長期改装中。

祖母が亡くなったのを機に心機一転、出直そうということになったのだ。

店を引き継ぐことになった私は、新しい店をどんなふうにするかで迷っている。

もとのままの雰囲気も好きだけど、シンプルでモダンな店にも憧れる。

調度品は何度か買い替えたが、昔のままのものもある。

たとえば帳簿を整理する時とかに使っていた古い机。

ライティングビューローというやつだ。

もとはといえば、啓太郎のものだったという。

机の上には銀色の小さな額縁に入った啓太郎の写真が飾られている。

けっこういい男だ。

引き出しの中を点検していると、奥のほうに、もうひとつ小引き出しがあることが初めてわかった。

あけてみると、一通の手紙が出てきた。

封筒は、エアーメイル。切手は貼られていない。
かすれた文字の差出人は、雨宮啓太郎。
啓太郎が、パリに留学中に書いたものらしい。
宛名は女性で、嶋本瑠衣子。
ひいおばあちゃんの名前とはちがう。
封はされていなかった。長い年月の間に、
閉じてあった封が自然に開いてしまったのかもしれない。

手紙はこんなふうに綴られていた。

＊

「パリは今、雪が降っています。
手編みのセーター、ありがとうございました。とても暖かくてうれしいです。
お返事が遅れて、申し訳ありません。
いろいろと、思い悩むことがあり、長い間、手紙を出すことを怠っていました。

実は、急に帰国を決めました。
父親が亡くなってからも、母一人でがんばってやってきた実家の商売ですが、すでに、どうにもならない状態になってきていたのです。
今までの商売を、信用のある人の手に任せて、
私たちは別の暮らしむきを考えなければならない。
頼るものはお前しかないと、たびたび母に泣きつかれていたのですが、
ここにきて、覚悟を決めました。
母に、もうこれ以上の無理をさせるわけにはいきません。
絵の道はきっぱりと、諦めることにしました。
情けないことに、二年続けてサロン・ドートンヌにも落選しましたし、
私には、絵の女神は微笑まなかったのだと思います。

去ることになって振り返ると、パリという街は、なんと魅惑的だっただろう。
私の住むブールヴァールのアパートの六階から、セーヌ川が見下ろせました。
毎日通った美術館や研究所。カフェーで飲んだコーヒーの味、市場の雑踏…。

この間、裏通りの一軒の店から、あなたに送ったものがあります。

たぶん、クリスマスには、あなたのもとに届けられることでしょう。
ショーウインドウからこちらを見つめていた男の子の人形です。
男の子だが、どことなくあなたにまなざしが似ていて、
いつも、気になっていた人形なのです。
パリを去ることになって、思い切って店に入って、手に取って見せてもらった。
名前もついていて、なんとルイというのです。
あなたとおなじ名前だ。
こちらでは、ルイは、男の子の名前なのですよ。
セーターのお礼に、私のほうも、何か贈り物をしなくてはと考えていたのです。
クリスマスにあわせて、店のほうから送ってもらえるということだったので、
そのようにお願いしてきました。

私のほうは、日本に戻っても、家の問題もあり、あなたにお会いすることも、
すぐには出来ないことだと思います。
絵の道を捨てた私は、次の道を見つけ出さなくてはならないのです。
とりあえずは、日本に戻るということを報告しておこうと思い、筆をとりました。
どうか、あなたもお元気でいてください。

嶋本瑠衣子さま。雨宮啓太郎。」

＊

何かの理由で配達されなかった一通の手紙。
瑠衣子さんのもとには、パリの店から送られた人形だけが届いたのだろうか。
瑠衣子さんは、それを啓太郎の別れの品と受け止めたのだろうか。
私は結ばれることのなかった恋人たちのことを思った。
この店は、やはり啓太郎の思いを大切にして引き継いでいこう。

「そうだよね、啓太郎さん」
そういうと、机の上の写真が、ちょっと微笑んだ気がした。

END

トモヨリさんのこと

アパートは古く、部屋は小さい。寝室と台所、お風呂とトイレ、それですべてだ。それでも何軒も不動産屋を探し回って、ここを見つけたのだ。

気に入っているのは、たとえばお風呂だ。小さいけれどもユニットではなく、白いタイル張りで窓もある。オレンジの匂いのするシャンプーやリンスや石鹸。

バスタブにつかって、目を閉じる。バスタブは舟になって、時間の川をさかのぼって行く。

＊

川沿いにトモヨリさんの小屋がある。小屋はとても素敵だ。

私は舟を降りて、小屋のなかに入っていく。部屋の中央に、一人用のソファーがある。私はそこに座って部屋を見回す。壁は本棚になっていて、たくさんの本で埋まっている。ソファーの横の机には果物が置いてある。私はその中からオレンジをひとつ取り出して皮を剥きはじめる。

トモヨリさんが後ろに立っている。私は子供の声で、「こんにちわ、また来ちゃった」と言って、上目使いにトモヨリさんを見る。トモヨリさんは、灰色の作業服姿で、白い手袋をしている。その白い手袋で、私の肩を抱いている。私は自分の手を添えて、トモヨリさんの手を胸のほうに引き寄せる。すると手袋が剥がれて、その下から金属のフォークで出来た指があらわれる。トモヨリさんは、フォークの指でオレンジを突き刺して私の口に運ぶ。私は口をあけてそれを受ける。

あまずっぱい汁で口元がべたべたする。口の中に残ったオレンジの皮を、私は次々と吐き出していく。皮は胸からおなか、おへそから股の間へと落ちていく。トモヨリさんはフォークの指で私の体中に散らばった皮を取り除こうとする。その指は皮膚をついて血が流れ出す。

突き刺しながらトモヨリさんは、何度もこう言っている。

「こーこ、お仕置きだ」

胸からもおなかからも流れ出した血で、私は気を失っていく。

＊

気がつくと、私はお風呂のなかで眠っていた。

夢。でも、この夢はなぜかとてもリアルだ。小屋もどこかで見たような気がするし、本棚の本も一冊一冊、手に取れそうな気がする。

トモヨリさん？　どうしてそんな名前が出てきたのだろう。

＊

久しぶりに母がやってきた。母は再婚して、遠くの街で暮らしている。新しい父を、私はお父さんとは呼べない。それでも二人とはつかず離れずでつきあっている。

同じ布団で眠るのは子供の時以来だ。あれやこれや昔のことを話した。母はお酒を飲んではしゃいでいた。

私はふと思いついて、昔飼っていた犬のくーたのことを聞いてみた。

「ああ、あのきたない犬。あんたがあの小屋から連れてきた」

母の思いがけない答え。

…あの小屋？

「覚えてないの？川っぺりにあった、掘立小屋」

川っぺり…。

「あんたが小学校の1、2年の頃だったかな、家の近くの川っぺりにぼろ小屋があって、そこに変なおじさんが一人で暮らしていたじゃない。あんた、おじさんが集めてくるビンやらダンボールの箱やらで遊ぶのが好きだった。同じ年頃の友達がいなかったから。」

そんなことがあったのだろうか。

「くーたは、あのおじさんが飼っていた犬じゃないの。…じゃあ、あの日のことは？」

あの日？

母が不思議な顔で私を見ている。

「あの日、あんたたちは枯葉や木切れを集めて、焚き火をしてたのよね。寒い日だったから。その焚き火がダンボールに飛び火して……、いやだ、ぜんぜん覚えてないの？もう、大変だったのよ。おじさん、手に大やけどして病院運ばれて、あんたはわあわあわめくばかりだし、私は警察に呼ばれるし。自分の娘を、浮浪者の小屋で遊ばせるなんて非常識な親だって、お説教くらっちゃったわよ」

私は目を閉じる。

…そのおじさんの手、どうなったの？

「さあ、違法建築とかで小屋はつぶされてしまったし、おじさん、あのあと、どこかに行っちゃったわね。残されて、川原で野良犬になってたくーたを、あんたが連れて帰ってきたんじゃないの。

本当に覚えてないの？　…こーこ？」

＊

忘れていた。封印された記憶。

雑然と物があふれていた掘立小屋。日に焼けたくしゃくしゃの笑顔。しゃがれた声。特徴のある歩き方。そして、タバコのにおいのする大きな手…。いろんな話をしてくれた。昔旅をしたという外国の話。船の話。そうだ、船に乗っていたと言っていた。

拾った犬を、家に連れて帰れずに泣いていたら、声をかけてきてくれた。あの犬が、くーた。

くーたとトモヨリさんの住む小屋に、私は毎日遊びにいっていた。

クラスの友達より、学校より、先生より、母親より、私は…

トモヨリさんが好きだった…。

＊

また、夢を見た。

さっきからトモヨリさんは後ろを向いたままだ。

私はソファーから立ち上がり、本棚に近づいていく。

本の表紙には何も書かれていない。手に取るとそれは思いのほか軽く、開くと中はもぬけの殻だ。

「中身がないよ」と言うと、トモヨリさんは背中で笑う。からっぽだねと。誰かの頭の中みたいだねと。

「からっぽじゃないよ、トモヨリさんは」

私はだんだん哀しくなってくる。

「トモヨリさん、こっちを向いて」

私は泣きながら言う。

「こっちを向いて。フォークの指で痛くして」

「もう痛く出来ないんだ」とトモヨリさんは言う。

そして、振り向く。

顔は、なくなっている。

＊

あれは、何十年も前のことだ。

トモヨリさんのことは、誰にも秘密。

あの川べりの小屋は、いまも、ドアを開けて、私を待っている。

END

ジェリービーンズの指輪

「涙を残しておこうって、思ったことない？」

しょうこさんが聞いた。

ない、たぶん。と、僕は答えた。

「いつだったかな、泣きながら、私、思ったの。この涙は貴重だから、記念に残しておこうって。で、ハンカチを捜したのよ。買ったけどもったいなくて使えなかった上等のやつ。でも、いざというときには、なかなか見つからないのよね。やっと引き出しの奥に見つけた時には、涙はほとんど乾いてたわ。」

それでも目に当てると、ハンカチは少しだけ濡れたそうだ。

それって、なんの涙だったの？

「さあ、…忘れちゃった」

言いたくないんだね。

「ねえ、みつきはある？涙を残しておこうって思ったこと」

ないな。考えたこともない。そのハンカチ、今もある？

「家のどこかにあるはずよ。捨てるわけないもの」

捨てなくても、どこにあるのかわからないんじゃ、ないのと同じじゃないかと思う。

しょうこさんは、整理がへただ。たんすの引き出しにも、本棚にも、めちゃくちゃにものを詰めこんでいる。頭の中だってたぶんぐちゃぐちゃになっているに決まってる。

僕はしょうこさんの気まぐれな記憶のなかで、初恋の男の子に似ていたり、子供の頃飼っていた犬に似ていたり、行方不明の父親に似ていたりする。

しょうこさんの父親はしょうこさんが子供の頃に家出した。

「ちょっと歯医者に行ってくるって、出ていったまま、とうとう帰ってこなかったの」

自分名義の通帳と印鑑を持って出ていったそうだ。

「あとになって、そういえばたかが歯医者に行くのに、一張羅の革のコートを着てボストンバッグを持っていたのは変だったって、言ってたけど、その時気が付かない母親も母親よね」

しょうこさんのお母さんは、2人の子供を苦労して育てたあげく、病気になって、亡くなっている。

それなのに、父親に似た男と結婚したのが、間違いのもとだったらしい。

しょうこさんの夫も、また、出ていったまま行方知らずなのだ。

捜した？

「連絡がないってことは、捜さないでくれって、ことじゃない？」

でも、事故かも。

「貯金通帳と印鑑を持って出ていったのよ。

もう、ずっと前のことだわ。

しょうこさんは、思い出したように少し笑った。左手の薬指には銀色の指輪が光っている。

＊

僕はバー・グリのママであるしょうこさんに拾われて、バーテンになった。

年はいくつ？と聞かれたけど、答えられなかった。20才かそこらに見える、というのが、グリの常連客たちの一致した意見だ。

僕としょうこさんは墓地で出会った。

お墓を散歩するのは、しょうこさんの日課だった。

「とても小さいお墓があったの。他のお墓はきれいに掃除がしてあって、花が供えてあったりしたけれど、そのお墓は草ぼうぼうで荒れ果てていた。墓石に書いてある字もう読めなかった。この分じゃ百年はたっているんじゃないかって、誰かが言っていたわ。今じゃ無縁仏だねえって。私も夫に捨てられてひとりぼっちだったから、親しみがわいてしまったの。毎日、そのお墓に向ってしゃべっていたら気持ちが安らいだわ。

ある晩、しこたま飲んで酔っ払って、お墓に行って、勢いで、ちょっと出てこない?って誘ってみたら、本当に出てきちゃった」

それが僕だった。しょうこさんは僕をみつきと呼ぶ。僕が墓から出てきたのが、美しい月の夜だったからだ。

「可愛そうに、みつきはとても若い時に亡くなったのね」

僕はゆうれいだ。僕には記憶というものがない。

「死んでから百年以上もたっているのよ。しかたないわ」

僕の記憶は、しょうこさんとの出会いからはじまっている。

バー・グリは路地裏にある小さなお店だ。お酒はブランデーとウイスキーとビールだけで、カクテルは置いていない。あてはチーズやピーナッツといったおきまりのものだけだ。

「だって、めんどうだもの」

それでも、なんとかやっていけてるそうだ。

店でのしょうこさんは、客あしらいがけっこう上手い。いつもはぼんやりしているのだが、お客にたいしては、ポイントを押さえた返事をしているらしい。

行方不明の夫の話はいつも話題の中心だ。そのうえ、墓場から拾ってきた若いバーテンの話が加わって、客の好奇心は広がっていく。

「あら、みつきは若いつばめなんかじゃないわよ。だって、ゆうれいなんだから」

本当のところそうなのだが、客は誰も信じていない。

＊

しょうこさんの部屋は店の二階にある。

僕の部屋は一階のキッチンの隣だ。前は物置として使われていたところで、そこを整理してベッドを入れ、僕が寝る部屋にしてもらっている。

こんなによくしてもらって、僕にできることといったら、お皿を洗うことと買い物に行くことぐらいだ。

しょうこさんの夫は、フリーのカメラマンだったそうだ。4、5日取材に行ってくると言って出ていったまま、もう何年も帰ってこない。お父さんも家出したし、たった一人のお兄さんもアフリカに行ってしまった。

「アフリカの奥地に小学校を建てるんですって。前にも井戸を掘りに、ペルーだかコロンビアだかに行った事のある人だから、心配はしていないけど。男はみんな風来坊ばかりね」

どこにもいろいろな人生がある。

いろいろな人生…。ゆうれいの僕にも、人生などあるのだろうか。すでにこの世にいない僕が、しょうこさんに呼び出されてここにいるということを、どう考えたらいいんだろう。

＊

ゆうれいの僕にも人生ってあるの？

「深く考えないことよ。考えたって、はじまらないわ。今はいっしょにいる。私は弱くって頼りなくってやさしいゆうれいのみつきが好きなのよ」

家出した父親よりも、行方不明の夫よりも、アフリカに行った兄さんよりも、ゆうれいの僕がしょうこさんの近くにいる。

アフリカに行った兄さんから手紙が来た。

アフリカの月はとてもきれいだそうだ。

「ねえ、みつき、今度いっしょにアフリカに行こうか」

アフリカ…とても遠い。百年よりも遠いのだろうか。

「遠いったって、地球は地球よ。宇宙のはての星から来たみつきには、ほんのご近所だわ」

僕は宇宙のはてから来たのだろうか。僕はずっと、駅前の、誰も来ない暗いお墓のなかにいたんじゃないのか。

＊

明け方、店の方から物音がするので見に行くと、窓際の席に、しょうこさんがひっそりと座っていた。いつもはまとめている髪が肩にかかって、しょうこさんは少女のように頼りなげに見える。

今、しょうこさんは、左手で顔をささえて、窓の外をみている。

しょうこさんの左手の薬指から指輪がなくなっていることに、僕は初めて気が付いた。

「見て、みつき、太陽が昇っていくわ。昇って行く朝日って、強いね。おはよー、これからはじまるよーって。私は夕日のほうが好きだけど、でも、どっちも同じ太陽の光なのよね」

はじまりも終わりも同じ。同じなのに強いのと弱いの。同じ人なのに、強くなったり弱くなったり。同じ人生のなかで。

「朝日も、まんざらじゃないわね」

僕も嫌いじゃない。しょうこさんと僕を照らしている、この朝の光が。

＊

市場の駄菓子屋できれいなお菓子を見つけた。店の人がジェリービーンズだと教えてくれた。赤や黄色やピンクや白のやさしい色合いの、宝石のようなお菓子だ。

透明な袋にたくさん入っている。僕はそれを買った。

指で押さえると、ひび割れてもろく崩れた。口に含むと甘くてやさしい。

これって、しょうこさんの好きなものだな、きっと。

ジェリービーンズに針金を通して指輪を作った。

白にしようかピンクにしようかと迷ったけど、いろんな色の入ったとびきりきれいなマーブル模様のやつにして、しょうこさんにプレゼントした。

「とっても、きれい！」

しょうこさんは左の薬指にジェリービーンズの指輪をつけて、そう言った。

「私のたからものにするわね」

しょうこさんの目が少し光ってる。

僕はポケットからくしゃくしゃになったハンカチを取り出してしょうこさんの涙を拭いた。この涙も、残しておく？

「さあ、どうかな」

しょうこさんはそのハンカチを、そっと、エプロンのポケットにしまった。

僕はみつき。ここに来て今日で一年になる。

END

えとせとら

骨董市で見つけたもの

たまに骨董市に行く。

見るのは古い着物や帯のたぐいだ。


最初に出会ったのが、モスリンの帯だ。なんだか不思議な布が飾ってあるなあと思って近づいたら、帯だった。

黒地に色鮮やかに菊の花や紅葉が散りばめられて、なんともいえず美しかった。

裏は薄茶の地に桜の花の模様になっていて、こちらのほうはかなり色褪せている。

手触りはざらりとして、それでいてしなやかで薄く、驚くほど軽い。


「明治頃のもんやろなあ。モスリンの昼夜帯や」

店のおじいさんが言う。

モスリンとは、毛織物のことで、虫に食われやすい生地だ。

その帯もよく見ると虫食いが点在している。

昼夜帯というのは、帯の両面を昼と夜とに見たてて、両面を使えるように作られた帯のことで、その帯には春と秋の花が表裏に同居していた。

5000円と言う値段が高いものなのか安いものなのかわからなかったけど、私はその帯が気に入ったので買った。

その帯にあわせようと、紫の縞の着物も買った。

帯も着物も古くて柔らかで、着るととても身体になじむ。


着物はたまに着る。

着方が自己流ではずかしいので、もっぱら家でだけ着ている。

昔風に、ぐずぐずと着崩していると、昔のひとになったような気がして気分がいい。

迷宮ごっこ

よく迷子になる。

単に方向感覚がないだけなのだが、知らないうちに知らない場所に迷いこんでいる。

詩人　萩原朔太郎にもそういうことがよくあったようで、彼はその迷子の時間を「風変わりな旅行」と名づけて楽しんでいたようだ。

『猫町』は、私の好きな作品のひとつだ。

いつもと同じように街を歩いているつもりなのに、突然、不思議な場所が出現する。

たとえばよく行く商店街。

メインストリートを横にそれる。と、知らない場所だ。

放置された洋風の会館。シャッターの下りたアーケード。

剥げ落ちた看板の文字。千切れたポスター。

そんな道の奥に、古ぼけたアパートがある。

鉄の階段は錆びついて、壁には蔦が絡まっている。

窓のひとつががらりと開いて、住人が顔を覗かせる。
ふと見上げるとそれは確かに知っている誰かだ。
『パセリの木』の草子さん？
それとも『絵葉書の場所』の菜摘さん？
不思議なデジャブ。
発見した『猫町』は、この次にはただの町にかかわっているのかもしれない。

ひみつ

ひみつという言葉に昔から弱かった。

それが書名についていると、かならず手にとってみた。

『秘密の花園』とか、『魔女のひみつ』とか『うさぎ屋のひみつ』とか。

『ひみつのアッコちゃん』とか『ひみつブック』とか。


ジョン・バーニンガムの『ＡＬＤＯ・わたしだけのひみつのともだち』という絵本がある。日本語訳は谷川俊太郎。

主人公の少女には特別な友達がいて、それがＡＬＤＯ。

ＡＬＤＯは少女以外の人には見えない。

絵で見ると特大のうさぎ。少女が困った時にいつも来てくれる。

恐い夢を見た時やいじめられた時、少女はＡＬＤＯがいると思うと元気になれる…。

この絵本を読んだ時、私にも子供の頃、そういう存在がいたことを思い出した。

私のＡＬＤＯは、バットマンみたいなかっこうをしていた。

彼はよく夢に出てきた。
夜中に目を覚ました時、そばにいてくれたこともあった。
いつも、いじけた私を慰めてくれた。

いつの頃からか夢にも現れなくなって、そのうち忘れてしまっていた。
何度も夢に見ていたのに、彼のことは誰にも言わなかった。
信じてもらえないからというより、自分だけのものにしておきたかったのだと思う。
ひみつという宝物に。

大人になった今はと言うと、ひみつの人やらひみつの時間やら。
やっぱり、誰にも言いません。

小さい物語

私の書くものはいつも小さい。
原稿用紙3枚であっても100枚であっても変わらない。
小さな世界のささやかなことを書いている。
大声で主張するものは小説でも芝居でも苦手だ。そういう物語は書けない。
テーマだって小さい。
心の中の些細な傷のようなしこりのようなものが私の物語のテーマになる。
部分的なこと、瑣末的なことばかり書いている。

ある本の、川本三郎氏と谷川俊太郎氏の対談の中で、
私の好きなレイ・ブラッドベリという作家についてこんなことが書かれてあった。
「膨大なテーマを語る作家というよりも、自分の好きな色とか好きな語りとか好きな時間とか、そういうものにこだわって書いている。なんか、思想を読み取るとかそういうのではなくて、オードブルを味わうというか」

小さなことを肯定されたようで、ちょっとうれしかった。

クラフト・エヴィング商會の『じつは、わたくしこういうものです』という本のなかでは、秒針音楽家という職業の女の人が紹介されている。

「大げさではないこと、静かな音、聴き取れるか聴き取れないかというほど小さな音、わたしはそういう小さな音楽をつくり続けたいです」

あ、私と似ていると思ってしまった。

柔らかな紲

漢字って、おもしろい。たとえば「忘」は心を亡くすと書くし、「忙」も心を亡くすと書いている。忘れてしまうことも、忙しすぎることも、心を亡くしてしまうことなんだなと、納得する。

「きずな」は絆と書くが、紲とも書く。糸へんにこの世とかあの世の世。人と人を結びつけている赤い糸のようなものを思い浮かべる。


人と人の結びつきはいろいろある。

血のつながりははじめから決められているもので、変えようもない。

結婚も法律によって守られている結びつきだ。

でも、そうじゃない場合、恋愛だったり友情だったり尊敬だったり説明がつかないものだって多い。

人と人だけじゃない。人と動植物、人ともの。すべてにおいて、紲はなりたつ。

私は作品によく、他人同士の小さな共同体を登場させる。

アパートだったり下宿屋だったり喫茶店だったり。

登場人物はそれぞれが一人の寂しい人間で、それぞれの結びつきも、放っておけば解けてしまうようなはかない結びつきだ。


でも、はかないからこそ、その結びつきにはやさしさが介在しているように、私には思える。

放っておけば風化してしまう関係は、それぞれが相手を思いやることで細々と続いていく。花にお水をあげるように、言葉を手紙を笑顔を送る。

好きな人は忘れない。大切に思えば、相手もきっと思ってくれている。

紐は柔らかくても結び目はなかなかほどけない。

ひめごと

私の書いた『ひめごと』という本を、東京の劇団大樹さんが上演する。

主宰する川野誠一さんは俳優さんだが、自分のほれ込んだ作品を自分の好きな形で上演したくて劇団大樹を立ち上げたという。


川野さんの行動力にはいつも驚く。

日々の俳優業をこなしながら、その合間に寝る時間も惜しんで公演のチラシやポスターを手に歩く。

公演のためになると思えば、どんな努力も惜しまない。とても熱い人だ。それでいて少しも押し付けがましいところはない。

あくまでも謙虚で誠実。川野さんのような人を、私は他に知らない。


『ひめごと』は父親探しの物語だ。

母と娘のおだやかな二人暮らしが、突然訪れる男によって破られる。

暴かれていく過去。

それは事実なのか事実でないのか。
物語の最後はあいまいなまま終わる。
本当のことは誰にもわからない。

でも、本当のことってなんだろうといつも思う。
わからないまま一生を送り、わからないなりに、そのつど自分なりの答えを出していくのだろう。

私はこの物語を書きながら、離別した父のことや、亡くなった母のこと、若くして自殺した伯父のことを、考たりしていた。

モクレンの探偵

長い準備と稽古を経て公演に至った『モクレンの探偵』。

ダンスでの表現を考えて、言葉をどこまでそぎ落とすか。

「はな」が語りで綴って行く世界と、並行して「蓮次」がたどって行く世界、最後にひとつになる瞬間を、どういう風に繋いで行くか。

結末を考えないまま、70％くらいの出来の状態で稽古に入り、あとは実際に稽古場で、演出の意見を加えて作って行った。


舞台が盛り上がる場面は、ほぼ演出の意見が反映されている。

物語を舞台で見せることと、物語を書くことの間のへだたりを、あらためて知った。


さて、私が「はな」に憑依していたかといえば、していたと思う。

紗幕の奥で、私は蓮次を、コータを、さとを、亀吉を、遊園地のおじさんを、みどりのおばさんを、目で追い、認識し、心を動かしていた。

悩み、苦しみ、そして再生した「はな」の時間。
やはり、書いているだけではわからない時間だった。

古道具屋さん

初めて古道具屋さんに興味を持ったのは高校生のときだ。
高校で一番勉強の出来なかった男の子に誘われて、京都の古道具屋さんめぐりをした。
とても暑い日だった。彼は、テストの成績はいつもビリだったけど、頭が悪かったというのではない。美術部と文芸部を掛け持ちしていて、不思議な絵や詩を書いていた。あとでわかったことだけど、それは状況劇場のチラシや台本によく似ていた。

古いものといっても骨董品ではなく、時代ズレしていて不思議なもの。そういうものに彼は興味を持っていた。ランプシェード、キセル、福助の人形、ガラス瓶、誰が描いたかわからない絵、何かの部品…。

彼はまた不思議なパフォーマンスもしていた。誰のアパートの部屋だったか知らないけど、そこを一日借りて、自分の描いた絵を張り巡らし、ぶつぶつと低い声で詩を朗読したりしていた。その時の観客は、私だけだったと思う。

当時の私は子供で、そういう彼をよく理解できていなかった。
変わった人、あまり付き合わないほうがいいよ、というクラスメートの言葉を聞いて、
本当はちょっと怖かったりした。怖かったけど、誘われるとついて行った。
彼は、私がそれまで知らなかったことを、たくさん教えてくれた。
サド侯爵や澁澤龍彦やロートレアモンや四谷シモン。
高校を卒業して、大学など見向きもせず、彼は九州に行った。
看板屋になるんだと言っていた。
その後何十年かたって、彼はりっぱな版画集を出すような画家になった。
でも、そうなった彼は、もう私の知らない人だ。

本が好き

劇団大樹の川野さんの狂言コラムを読んでいたら、「学ぶ」は「真似ぶ」といって、狂言の世界ではひたすら師匠の真似をすることで稽古を進めていく。師匠の姿を鏡（手本）とするので、稽古はすべて一対一で行われる。というようなことを書かれていて、興味深かった。

考えたら、読書も一対一の関係だ。

小さな頃から本が好きで、私は本の真似をよくしていた。子供の頃は好きな絵本を真似て手作りの絵本を作っていたし、中学生になって自分で創作するようになってからは、同じ内容を、何人かの好きな作家ならどう書くだろうかと考えながら、それぞれの文体を真似して書いてみたりした。文体に癖があって、その人らしいと思える文章を書く作家が好きだった。

本っていつでも読めるし、大きさや形や手触りが色々で、読んだことがある本でも、好きな本が違った装丁で出ていたらまた買ってしまうし、読みながら自分の世界に飛んで遊ぶことも出来る。

気に入った本は、お風呂で読むことが多いからぶよぶよになっている。書き込みもするし、栞の無いときはページを折ってしまう。

私のお気に入りの本は、どれもあまりきれいではない。

なつしろぎくのお茶

み群杏子短編集『なつしろぎくのお茶』、無事終了。

6つの短編を6人の出演者が語った朗読会で、お客様の感想もとても暖かく、演者のみんなも精いっぱいの朗読を披露してくれたと思う。

6つの作品には、以前書いたものと新たに書いたものがあって、古い作品と新しい作品の間には10年ほどの月日が流れている。

「もりお君のこと」と「透馬くんのこと」と「トモヨリさんのこと」の3作品は、星みずくの第一回公演の時に書いたものを一人読み用に書き直したものだ。

東京からお客さんとして観に来てくれた金沢さんは、「新宿2丁目の世界を、自分では仲間に入らずに、でも好意と尊敬とあこがれの目で見ている女の子の作品」というようなことをおっしゃった。

うーん、結構あたってる。

私の作品はふんわりと見えてこっそり毒を仕込んでいる。

その毒の部分を発揮できるのが、芝居作品よりも短編じゃないかと思うのだ。

クリスマスだからって

子供の頃、クリスマスにプレゼントをもらったりあげたりという習慣は、私には、というか、我が家にはなかった。

私自身、クリスマスだ誕生日だ記念日だと言って何かを企画するというのはずっとダサいと思っていて、成長してボーイフレンドが出来ても何もしなかった。プレゼントや豪華な食事は何でもない日にすることにしていた。

ただひとつ、個人的に思い出す儀式はひなまつりだろうか。

子供の頃、思いつくと持っている人形やおもちゃを全部集めて並べた。

私は人形やおもちゃをあまり大切に扱わない子だった。

長い髪をジョリジョリと短く切ったり、身体に色を塗ったり落書きしたり。

家にある人形たちを、お気に入りもそうじゃないのもすべて取り出して飾ることは、
自分なりのお詫びの儀式だったのかもしれない。
3月3日ではなかったかもしれないけど、たまにするそれが私のひなまつりだった。

ムーン・パレス

新しい作品を書いていて、行き詰まったり横道に逸れて行ってしまったりした時、昔読んだ小説や映画が、今書いているものに重なるように浮かんでくることがある。

それでその本を読み直したりDVDを見直したりして、あれ、こんなストーリーだったのかと記憶の違いに気が付くのだけど、それはそれでそこからまた別のイメージがわいてきて、書いている作品を新しい展開に導いてくれたりするのだ。

『半月カフェの出来事』を書いている時に浮かんできたのが、ポール・オースターの『ムーン・パレス』で、友人が、「きっと好きだろう」とくれた本だ。

孤独な主人公にはいつも天啓のように救いがやってくる。

救われない最後も、空を見れば月が出ていて、読者にはそれがこれから開けていく主人公の未来のようにも思えてくる。

孤独でも、すべてを失っても、救いはきっとあるのだと思わせる「月」の存在…。

いろいろ考えているうちに今回の自分の作品の新しい展開もちょっと見えてきた。

好きな映画や小説には、あとになってよみがえってくる素敵なシーンが必ずある。

『ムーン・パレス』にもいくつか好きなシーンや挿話があった。

とりわけ好きだったのは、主人公と、のちに祖父だとわかる気難し屋の老人が、雲一つない春の宵に、ぼろぼろの傘をさして歩く黒人青年と出会うシーンだ。

三人は、空想の雨を楽しみながら、三者三様の上機嫌さでしばし連れだって歩いていくのだ。

死期を間近にした金持ちの車いすの老人と、それを押す貧乏な主人公と、見ず知らずの黒人青年。

もしかしたらこれがこの作者が言いたかった本質なのかもしれないなと思わせるほどに、切なく美しく心に残っている。

額装された詩

自殺した伯父がのこした絵と詩が額装されて残っている。

絵は街灯を描いたもので伯父自身が書いたもの。

詩はLet It Be Forgottenという題名で、作者はSARA TEASDALEとある。

英語の詩なのだけど、いままでちゃんと訳したことはなかった。

いまさらだけど、作者をネットで調べてみる。


英語をそのまま打ち込むと、サラ・ティーズデールと出てきた。

1884年8月8日生まれのアメリカの詩人で、亡くなったのは1933年1月29日。

睡眠薬による自殺とあった。睡眠薬による自殺?伯父と同じだ。

解説によると、サラ・ティーズデールという人は、愛や自然や死を書いて、20世紀初頭に人気があった詩人だそうだ。

伯父はこの詩人の詩が好きだったのだろうか?

読んでみたいけど今は日本語に訳された詩集は出版されていない。

伯父に興味を持っていた私は、昔から伯父のことが知りたくてしょうがなかったのだけど、祖父母も妹である母も、伯父がどんなものを書いていたか、どうして自殺をしたのかは、余り語りたがらなかった。というより、わかっていなかったようだ。

サラ・ティーズデールという詩人には、生涯、文通だけのプラトニックな恋人がいたそうだ。その恋人が自殺した二カ月後にサラも自殺している。

なんだかこの詩人のことをもっと知りたくなってきてしまった。

彼岸花

私の秋は、つくつくぼうし、鈴虫、彼岸花という順番に来る。

気になって目が離せないくせに、好きなのか嫌いなのかわからない花なのだ。

曼珠沙華という別名は知っていたけど、調べてみたらその他にもいろんな異名があるようだ。

死人花、幽霊花、地獄花なんて呼び名は、古くから不吉で忌み嫌われていたことを連想させる。

その反対に、天上の花と言われて、めでたい兆しとされることもあるらしい。

葉と花が同時に出ないことから、「葉は花を知らぬまま花を思い、花は葉を知らぬまま葉を思い」というところで相思花とも言われている。

摘んで持ち帰りたいとは思わない。触れたいとも思わない。でもいつも見入ってしまう。

田舎のあぜ道なんかに咲いているくせに人を寄せ付けないところがある。
淋しげに燃えている。拒絶するように誘っている。
葉は毒にもなり薬にもなるらしい。

相反するものを同時に持っている彼岸花は、やさしいふりした悪女のようだ。
あるいはその反対。

やっぱり好きなのか嫌いなのかわからない。

なんだかんだと言いながら読んでしまう村上春樹

『色彩を持たない多崎つくると、彼の巡礼の年』を読む。

私にとって、村上春樹の小説の魅力は、ストーリーを説明しても伝えられない。

そこここに出てくる音楽は知らないものが多いし、主人公が行く恵比須や広尾の洒落たバーやカフェにも興味がないけど、そんなことは問題じゃないのだ。

主人公はみんな同じような男で、同じようなタイプの女を好きになり、不器用だとか社会に適合できないとか言いつつも、ちゃんと恋を成就させ、ちゃんと立派な仕事も持っている。嘘くさい。でも、そんなこともなんだというのだろう。

村上春樹の魅力は、登場人物が作中で語る「ありえないけど信じてしまえる」不思議な挿話にあるのだと、私は思う。

村上春樹の手にかかると、途方もないファンタジーも、ありうることに思えてくる。

『色彩を持たない多崎つくると、彼の巡礼の年』でも、「ある種の夢は、たぶん本当の現実よりもずっとリアルで強固なものなのよ」という言葉があり、登場人物の「思い」が、現実世界に直接作用してくる場面が出てくる。あ、これこれ、と思う。来た来た、と思う。ここが好きなんだと納得する。

気取ってるとかわざとらしいとか言われ続けている比喩や警句も、「ヘルシンキの空に浮かぶ、使い古された軽石のような半分の月」とくれば、うーんさすがと思ってしまう。ヘルシンキの白夜なんて知らないくせに。

物語が現実に作用する。物語の力で現実を変えることが出来る。途方もないことをありうることに思わせる物語の力。

子供の時から、私はいつも物語に救われてきた。

物語の世界は、私にとって現実逃避ではなく、現実を乗り切るために必要なものなのだ。

Pアクト文庫

昔、劇作家で演出家の右来左往さんと一緒に児童劇の仕事をしたことがあった。

当時、京都でパノラマアワーという劇団を主宰していた右来さんはスタジオも持っていて、「借金だらけや」と言っていた。

そのスタジオがPアクトで、パノラマアワーが解散した今は、元劇団の関係者や有志たちが様々な公演やワークショップを企画運営して引き継いでいる。

昨日観た「Pアクト文庫」もその一つ。

昨日は三人の女優さんが語っていて、それぞれ楽しく聞かせてもらった。

最後が、飛鳥井かがりさんの朗読で、演目は、芥川龍之介の「雛」だった。

物語は大正の末期、旧家に伝わる古い雛人形を西洋人に売らなければならなくなった一家の、父母兄妹それぞれの思いが、年月が経って老女となった妹の回想という形で書かれている。

芥川はあざといほど上手い書き手だ。人物構成にしても、時代背景にしても、物語の光と影を映像のように描き出す。

飛鳥井さんは、その芥川の作品を少しも損ねることもなく、見事に伝えてくれていた。

だいたいに私は耳からの理解力が弱い。朗読を聞くより本を読むほうがよくわかるし、イメージも出来る。

でも、飛鳥井さんの朗読は、飛鳥井さんの姿を通して物語の中の光景が目に浮かんでくる。

古い家のなかの様子、ランプのほのかな灯り、暗闇に浮かび上がる雛人形、昔気質な父親、家族それぞれの悲しみ…。読む声と表情、作品内容がちゃんと重なっている。

終盤では、知らず知らずに涙がほほを伝ってきて、飛鳥井さんをみたらもっと泣いてしまいそうで、顔をあげられなかったほどだ。

よい朗読は、本を読むよりも、映画や芝居を観るよりも、深く心に突き刺さってくるのかもしれない。

別役実の『部屋』

戯曲を書きはじめた頃に好きだったのが、寺山修司と別役実だった。

当時書いていた現代詩が縁で音楽業界の人と知り合い、その紹介で作詞の仕事をはじめて、ミュージカルのなかの歌も書き、その稽古に行った劇団の稽古場で文化庁の戯曲賞のことを知り、戯曲ってなんだと思いつつ作品を書いて応募してみたら賞をいただき、と、なし崩し的に私は演劇の世界に足を突っこんだ。

芝居のことは何も知らず、古典的な戯曲はさっぱりわからず、野田秀樹もつかこうへいも面白くなかった。でも寺山と別役は現代詩の延長線上で理解できた。

このしたやみ公演・別役実作品『部屋』を西陣ファクトリーで観た。

別役の世界は不条理で、観る人を煙に巻き、言葉のわざで現実を変えてしまう。

人間関係は食い違うやり取りの中でいつのまにかねじれてしまい、これって何が真実？と考えてしまうのだ。

人それぞれの記憶や思い出は、それぞれの心の中で都合のいいように形を変えていく。受け入れることのできない現実があったとすると、人はそれを受け入れるために事実を脚色をして、なんとか自分の心の形にあわせようとする。そしてそれをいつのまにか自分のなかの真実として置き換えている。「物語の勝利」。私は自分が書く時いつもそのことを考える。残しておきたい大切なことは、物語のなかにこそある。

時間と時間の境目、現実と虚構の境目を、やすやすと超えてしまえる物語が私は好きだし、そういうものを書きたいといつも思う。

このしたやみの『部屋』は、とてもよかった。

こういう小さな空間で、素敵な役者さんが演じる静かなお芝居を観るのが、本当に私は好きだ。

古い建物の匂いも、途中で降りだした雨の音も、『部屋』の雰囲気を彩っていた。

久しぶりに別役作品を観て、いろいろなことを思い、自分ももっと物語を書きたいな、書かなければと思った。

思い出の箱

子供の頃持っていたひみつ箱。
小さな箱にいくつもの仕掛けがしてあって、
その仕掛けを全部解かないと箱が開けられない。
寄木細工の一部を、パズルのようにずらしながら開けていく。
大切なものを入れたはいいけど、
開け方がわからなくなってしまって困ったりもした。

木製や布製。
ブリキやセルロイド。
菓子箱に自分で千代紙を張ってみたり。
箱は好きでたくさん持っていた。

中でもいちばん好きだったのが、
祖母からもらった城崎温泉の麦わら細工の箱だ。
桐の箱に、赤と黒に染めた麦わらを、
亀甲模様に貼り付けた少し大きめの箱で、
私はリボンやハンカチを入れていた。
大切だったはずなのに、いつのまにかなくしてしまった。
大人になっても忘れられなくて、
城崎温泉を訪ねるたびに、土産物屋をまわって、
似たものがないか捜していた。
本物の麦わら細工は、
凝ったものは何万円もしてため息が出た。
でも、私が持っていた箱の模様はみあたらない。
似たものがあったら高くても買おうと捜しまくって、
やっと、「麦わら細工伝承館」というところで、
そっくりの箱を見つけることが出来た。
でもそれは、ガラスケースに収まった非売品。
あの箱、上等だったんだ。

＊

西洋には古くからメモリーボックスというものがあるそうだ。
箱のなかに、思い出の品物を好みのレイアウトで飾っていく。
一つの箱のなかには、一貫性を持ったテーマや物語がなければならない。
思い出の時間を閉じ込めて、壁や棚に飾られていたメモリーボックス。

＊

箱のバリエーションは数多くある。
トランク。箪笥。子抽斗。オルゴール。
遊園地の観覧車も、箱と言えば箱。
バスや電車、エレベーターも箱。
芝居小屋も、また箱と呼ばれている。

＊

中原中也の詩の中に、何も書かれていない、ただその重みを楽しむだけの本を持つ、という一節があった。

箱も、何も入れず、ただそれを楽しむだけでもいい。

空っぽの箱には、無限の物語が潜んでいるような気がする。

あとがきにかえて

20年ぶりに本を出すことになった。

前回の『微熱の箱』には、戯曲2作品と、ラジオドラマとして書かせてもらった中から15作品を入れたのだけど、今回は、戯曲2作品に加えて、未発表の最新作を含め、朗読用にも使える小品5作品とブログや上演パンフレットなどに書いたものの中からエッセイ数作品を入れた。どの作品を入れようかと選ぶ作業も出版社との打ち合わせも久しぶりで本当に楽しかった。

表紙の絵は、劇団大樹の『絵葉書の場所』の公演用に私が描かせてもらったものだ。今回所収の2つの戯曲には共通するイメージがあって、それがこの絵にも通じている。

私は作品を、自分自身の忘れられない記憶や印象的な出会いを手掛かりとして書いていくことが多い。記憶や出会いは形を変えイメージを拡げ作品になっていく。そうして書かれた作品自体はもちろん事実ではない。でもそこに私自身の事実以上の真実があるように思う。

私の作品ではファンタジックな出来事がよく起こる。亡くなった人が出てきたり、過去と現在が同居したりする。不可能が可能になる時、私はいつも「心の力」というものを感じている。

この本を読んでくださった方たちが、「心の力」を信じたくなるような、そんな気持ちになってくだされば嬉しい。

み群杏子

夜の言箱　2つの戯曲と小品集

2021年6月22日　初版第1刷発行

著　者　　み群杏子
発行所　　星みずく
発売所　　株式会社 出版文化社
〈東京本部〉
〒104-0033
東京都中央区新川1-8-8　アクロス新川ビル4階
TEL：03-6822-9200　FAX：03-6822-9202
E-mail:book@shuppanbunka.com
〈大阪本部〉
〒541-0056
大阪府大阪市中央区久太郎町3-4-30　船場グランドビル8階
TEL：06-4704-4700　FAX：06-4704-4707
〈名古屋支社〉
〒456-0016
愛知県名古屋市熱田区五本松町7-30　熱田メディアウイング3階
TEL：052-990-9090　FAX：052-683-8880
印刷・製本　中央精版印刷株式会社

ISBN978-4-88338-685-7　C0074